El bazar de la cebra con lunares

RAPHAËLLE GIORDANO

EL BAZAR DE LA CEBRA CON LUNARES

Traducción de
Teresa Clavel

Grijalbo narrativa

Papel certificado por el Forest Stewardship Council®

Título original: *Le Bazar du zèbre à pois*

Primera edición: junio de 2022

© 2021, Éditions Plon
© 2022, Penguin Random House Grupo Editorial, S. A. U.
Travessera de Gràcia, 47-49. 08021 Barcelona
© 2022, Teresa Clavel Lledó, por la traducción

Printed in Spain – Impreso en España

ISBN: 978-84-253-6096-1
Depósito legal: B-5.498-2022

Compuesto en Fotoletra, S. A.

Impreso en Rodesa
Villatuerta (Navarra)

GR 6 0 9 6 1

No tengáis ambiciones modestas,
son tan difíciles de alcanzar como las grandes

No sabían que era imposible, así que lo hicieron.

MARK TWAIN

El poeta hace abstracción de la realidad, de tal suerte que ese soñador cuenta las estrellas e incluso llega a imaginarlas.

GIACOMO BARDI

Lo que nos impide hacer realidad nuestros sueños no es lo que somos, sino lo que creemos que no somos.

PAUL-ÉMILE VICTOR

Escena expositiva

Toda vida comienza con un primer acto y, sobre todo, con un telón levantándose. ¡Quién sabe si esos instantes marcan el resto de nuestra existencia!

> *All the world's a stage,*
> *And all the men and women merely players.*
> SHAKESPEARE
> (El mundo entero es un escenario de teatro,
> y todos los hombres y mujeres,
> pura y simplemente actores.)

Por eso el modo en que entramos en escena tiene una importancia decisiva.

Un hombre. Una mujer. Juntos, esperan en una consulta sumida en la penumbra para rebajar el pudor. Obstetricia obliga. Sentados el uno junto al otro, se lanzan miradas furtivas y esbozan sonrisas maquilladas de una confianza que distan mucho de sentir.

El médico con bata blanca entra y, mediante unas afables indicaciones, invita a la joven paciente a tumbarse.

Ella obedece y se traga discretamente su necesidad de empatía, proporcional a su insondable deseo de que la tranquilicen. Se tiende sobre el papel blanco, que, como era de esperar, se rompe. Sin saber por qué, le fastidia que esa hoja que debería proteger la camilla no permanezca en su sitio.

El doctor le pide que se levante la ropa por encima del pecho y mira sin asomo de preocupación el enorme bulto que queda al descubierto. Bueno, bulto... Balón. Globo. Exoplaneta. La mujer no acaba de acostumbrarse a él. Abre los ojos como platos ante esa cosa que antes era su barriga y ahora se ha convertido en algo ajeno a su cuerpo. Una protuberancia que observaríamos como una rareza en una sala donde se exponen curiosidades.

Mira la línea oscura que une su ombligo a su pubis. El primer dibujo que le dedica su hijo. Habría preferido que buscara una pared que no fuese su cuerpo, para expresarle su amor con un grafiti. No está molesta con él. Simplemente nota que se abre paso de nuevo un temor que le es familiar. ¿Recuperará algún día esa graciosa barriguita plana que hace nada causaba estragos? No le apetece verse incluida ya en otra categoría: ¿será en lo sucesivo madre antes que mujer? Cierra los ojos para no pensar en eso. Ahora no. Todavía no.

Su pareja pregunta: «¿Todo bien?». «Sí, todo bien». El doctor, metido en su papel, se inclina para aplicarle el gel frío en el abdomen. Escalofríos. Cualquier buen portador de estetoscopio habría hablado de horripilación o de reflejo pilomotor. Los demás —vosotros y yo—, de carne de gallina...

La sonda comienza su trabajo de exploración. Se hace el silencio. Hay momentos en los que las palabras no tienen cabida. La mirada de la mujer también sondea e intenta descifrar la más mínima parcela de información en las facciones tersas y concentradas del obstetra. De pronto, el rostro del hombre se ensombrece. ¿Y si esa arruga entre sus ojos solo se debe a que está frunciendo el ceño? La mujer contiene la respiración y clava las uñas en la palma de la mano de su marido. La inquietud deja en ella cuatro pequeñas marcas de color rojo sangre. Él no rechista, electrizado por las imágenes surrealistas del pequeño ser que aparece en la pantalla.

Los segundos se hacen interminables. Hasta que por fin se pronuncia el veredicto. Primer alivio unos meses antes del momento.

«Todo está en orden». Cuatro breves palabras dichas como quien no quiere la cosa, con una ligera e imprecisa sonrisa de facultativo satisfecho. El corazón de los felices padres estalla de alegría. Aunque no demasiado ruidosamente, pese a todo, para no perturbar el ambiente cargado de deferencia.

«¿Quieren saber el sexo?». Sí. Quieren. Eso permitirá preparar la llegada del bebé con más tranquilidad. El color del papel pintado, la canastilla...

La sonda se mueve de nuevo sobre el abdomen. El médico busca. Lo intenta. Hace una mueca. «Lo siento. No se ve nada. No puedo decírselo hoy...».

Con los ojos húmedos por la decepción, la madre echa una última mirada a la pantalla, en la que sigue apareciendo el trasero burlón de su bebé.

Escena 1

Me llamo Basile. Empecé mi vida enseñando el trasero.

Y quizá por eso, vete tú a saber, siempre he tenido la impresión de que vengo de otro planeta.

Después de cuarenta y dos años de existencia, hoy creo que sé mejor de qué madera estoy hecho. Sin duda alguna, una madera más parecida a la de Geppetto que a la de un mueble de Ikea.

A los cinco años, me gustaba leer solo.

A los seis, tras una persecución desenfrenada con mis compañeros de clase en el patio del colegio, me detuve sin aliento y, poniéndome dos dedos sobre la yugular para tomarme el pulso, exclamé:

—¡Ay! ¡Tengo el corazón desbocado!

La niña de quien tenía la debilidad de estar enamorado —también ella padecía una forma de precocidad sentimental— se volvió hacia mí y me espetó desternillándose:

—Pero ¿qué dices, pedazo de idiota? ¡El corazón no está ahí, está aquí! —dijo golpeándose el pecho en el lugar correcto.

El ataque de risa general fue como una puñalada y ese incidente me valió la fama de tonto de remate que me persiguió el resto del curso.

Preciso es decir que yo era uno de esos niños torpes que no atraen en absoluto la clemencia de sus congéneres.

Cerebralmente diestro y corporalmente torpe. Negado para relacionarme con los críos de mi edad. No sabía qué decirles, cómo hablarles, cómo conseguir que me aceptaran.

Para alentar mi vida social, mis padres me exhortaban a aceptar todas las invitaciones habidas y por haber a meriendas de cumpleaños, y a no desaprovechar ninguna ocasión de estar con lo que los adultos llamaban «mis iguales». No pensaron, aunque solo fuera por un instante, que no podía haber seres más distintos que aquellos «iguales»? ¿Que yo no conseguía sentirme bien entre aquellos niños cuyos juegos y preocupaciones me resultaban totalmente ajenos?

Algunas veces me obligaba a mí mismo a participar en una batalla de espadas con la pandilla de «amigos». Un día, uno de ellos estuvo a punto de dejarme tuerto y los demás se troncharon de risa sin que yo alcanzara a comprender por qué. Recuerdo que, mientras me cubría con una mano el ojo herido, sonreí para dar el pego y fingir que «me divertía». De la risa al llanto en unos segundos. En otras ocasiones me refugiaba en la cocina para intentar mantener una conversación con mis padres. Disfrutaba de aquellos momentos porque me situaban en un plano de igualdad con cerebros adultos. Ellos me miraban con asombro y curiosidad. Se prestaban al juego de conversar un rato y acababan pronunciando la sentencia de mi destierro:

«Estás hecho todo un hombrecito, pero ¿no quieres ir a jugar?».

¡Lo que aquella frase llegó a sacarme de quicio, madre mía! ¡Decirle a un niño que está hecho un hombrecito es recordarle lo pequeño que es! Una pesadilla.

Obligado por las circunstancias, aprendí a adaptarme respondiendo con la reacción que parecía más aceptable socialmente. Expresiones a la carta. A fin de entender mejor los estados de ánimo de mis compañeros y prever los riesgos inherentes al trato con esa cruel franja de edad, mantenía permanentemente accionados mis sensores de hipersensible, lo que creó en mí un estado de alerta casi constante. Agotador.

Imposible mencionar todo lo que intenté para crecer más deprisa. Creo que soy el niño que ha comido más sopa del mundo. El que se ha sentado más erguido en la silla. Mientras mis hermanos y hermanas jugaban como perros y gatos a juegos de su edad, yo me escondía en un rincón para leer el diccionario y aprenderlo todo sobre el habla adulta.

Paralelamente a este programa de crecimiento acelerado, intentaba también satisfacer mi insaciable curiosidad por todo lo relacionado con la electrónica y la mecánica.

De vez en cuando hacía una excursión a un vertedero cercano para pillar aparatos diversos y variados, y una vez en casa, los desmontaba para verles las tripas. Mis hermanos no podían ocultar su consternación, se reflejaba en sus ojos. Mi madre me reñía: «¿Es que quieres coger el tétanos? ¡Te prohíbo que vuelvas allí! ¿Y si te cortas? ¿Y si te caes? ¿Y si te muerde una rata? ¿Y si te aplastan como si fueses la carrocería de un coche?».

La imaginación de las madres es increíblemente prolífica. Sin embargo, yo la quería más que a nada en el mundo pese a aquellos aspavientos de celo sobreprotector. Era la única que entreveía algo prometedor en mis estrambóticos garabatos de soñador. Porque yo empecé desde muy pequeño a llenar libretas con dibujos de inventos inverosímiles, reflexiones metafísicas, poemas…

Cuando leía en el patio del colegio libros de grandes maestros de la ciencia ficción, como *Yo, robot* de Isaac Asimov, o *Dune* de Frank Herbert, llegaban a mis oídos comentarios burlones de algunos compañeros de clase sin-ninguna-clase, cuyo juego predilecto era buscar las palabras idóneas para hacer daño. Los malévolos siempre ponían todo su empeño en hablar lo suficientemente alto para que su víctima los oyera. «Déjalo, es rarito».

Notaba el desprecio. Pero también cierto temor que me llenaba de asombro. ¿Cómo era posible que yo les diera miedo, si nunca había hecho daño a una mosca?

Busqué la definición de «raro» en el diccionario. «De carácter difícil de comprender, excéntrico». O sea que, a los ojos de los demás, yo no era del todo «normal». Le di muchas vueltas a eso. ¿Qué demonios podía ser la normalidad? Seguramente algo que tranquiliza. «Si al menos entendiera mejor en qué consiste», pensé en infinidad de ocasiones.

En el último curso de primaria, se me ocurrió incluso la idea de establecer un observatorio de la normalidad. Me lo tomé tan en serio que apunté en un cuaderno las posibles estratagemas: «Compartir caramelos con los compañeros a la salida de clase». «Levantar menos la mano y, sobre todo, no dar demasiadas respuestas correctas en las pruebas orales». «Atreverme a soltarle una insolencia intranscendente a la maestra». «Aficionarme al fútbol y a los vaqueros agujereados». «Tener novia» (palabra «tener» tachada y sustituida por «inventarse una»). «Escupir las espinacas en el comedor haciendo mucho ruido y con cara de que me parecen lo más asqueroso imaginable». «Comprar sangre de pega por Halloween». «Grabar mis iniciales en la mesa con unas tijeras sin que me pillen»...

Pese a mis nobles tentativas, seguía siendo el chico con quien «no molaba» pasar el rato.

Las cosas no mejoraron cuando empecé a ir al instituto. De objeto de curiosidad pasé a ser chivo expiatorio. Y entonces comprendí que debía reaccionar.

Tenía que encontrar una manera de conseguir que me aceptaran, aunque solo fuera para poner freno a los microacosos, que resultaban ya francamente insoportables, y a veces a los mamporros de los pequeños cafres del insti, que me llenaban de cardenales el cuerpo y el amor propio. Y el amor propio tarda más en recuperarse que el cuerpo...

Tenía la suerte de ser hijo de un manitas. A mi padre le chiflaban las motos viejas. Las compraba, las reparaba y las revendía. Así que yo tenía al alcance de la mano un gran surtido de herramientas que me fascinaban. Me gustaba pasar todo el tiempo libre que podía en aquel lugar apacible e inspirador. Solo. Tranquilo en mi universo, en compañía de mis ensoñaciones. Por fin en casa. Allí fue donde creé mis primeros «bichos» articulados. Unas arañas mecánicas. Instalé un acelerómetro acoplado a un detector de presencia. De ese modo, cuando una mano se acercaba a cierta velocidad para coger la araña, esta echaba a correr. Perfeccioné el prototipo añadiendo un led rojo que se encendía durante la acción. ¡El efecto fantástico!

A mis especímenes les puse el nombre de SpiderTrick. Tuvieron un gran éxito en el patio del colegio. Gracias al boca a boca, incluso recibí de extranjis pedidos de pequeños líderes de los institutos del barrio, ávidos de realizar buenos negocios. Me compraban los SpiderTrick por una miseria para revenderlos tres veces más caros. A mi pesar, me encontré envuelto en el trapicheo. El director acabó enterándose de aquel mercado negro de adolescentes. Se armó una buena. Convocatoria de los alumnos. De los padres. Bronca memorable. La cosa terminó con una expulsión temporal.

Hice un enorme esfuerzo de contención para no estallar de alegría ante el anuncio de aquella expulsión que ponía fin, estaba convencido de ello, a mi impopularidad. Y en efecto, regresé al instituto envuelto en un aura de gloria al cabo de quince días, ya como «rebelde» respetado.

Total, que tras aquel episodio quedé, con apenas doce años, definitivamente infectado por el virus de la invención.

Escena 2

Arthur, con una rodilla apoyada en el suelo, absorto en su tarea, apenas presta atención a las palabras de su compañero.

—Ven de una vez —dice el otro chico—. ¡Tenemos que largarnos!

—¡Vamos, hombre, tranquilo! Sigue vigilando, ya acabo... —responde Arthur.

Médine bambolea el cuerpo sin mover los pies del suelo. Arthur se da perfecta cuenta de que su colega está maldiciéndolo para sus adentros. Puede que haga bien en preocuparse. Si los pillan, están perdidos. Su lista de gilipolleces es ya tan larga que no pueden permitirse añadir ni una más. Pero Arthur es confiado por naturaleza y tiene una sangre fría a prueba de bomba.

—¡Date prisa! —insiste Médine, impaciente, cada vez más nervioso.

Arthur está arrodillado y agita el espray para continuar pintando el grafiti. Lleva dos semanas trabajando en ese proyecto. Localizó una tapa de alcantarilla con la rejilla idónea. Ha pasado mucho tiempo preparando la plantilla. Encerrado en su habitación, mientras su madre creía que estaba dormido, se levantaba para trazar minuciosamente el dibujo antes de practicar los cortes en la plancha de polipropileno con ayuda de un X-Acto, con una cuchilla fina, particularmente acerada, que le permite vaciar determinadas partes de la plantilla con gran precisión.

—¡Espera! Me faltan los últimos toques.

Arthur es consciente de que su colega está a punto de estallar. Se le ve furioso.

Pese a todo, es demasiado tarde para dar marcha atrás: hay que acabar. Que se aguante su compinche. Arthur cambia el espray negro mate por uno azul fosforescente. Retira la *fat cap*, por ser una boquilla demasiado ancha, y opta por una *skinny cap*, más apropiada para los detalles. Le produce una inmensa satisfacción iluminar el grafiti con efectos de halo. El excitante momento de la revelación ha llegado. Con un gesto rápido, retira la plantilla.

—¿Qué te parece? —pregunta con un innegable orgullo.

Médine está alucinado. Ante sus ojos, la tapa de alcantarilla se ha transformado en un esqueleto, con la rejilla a modo de caja torácica coronada por un título de cuya autoría Arthur se siente ufano: «Cloaca y color». Está contento de haber expresado mediante esta creación un poco de su rebeldía contra el sistema que lo oprime a fuerza de empeñarse en meterlo en un molde demasiado estrecho. Con el sello de mal estudiante estampado en la frente, marcado con el hierro candente del fracaso escolar, a veces tiene la impresión de que acabará sin remedio en el sumidero... ¡Ojalá encontrara su lugar...!

Al recoger el material, sin darse cuenta arrastra el faldón del abrigo por encima del grafiti, que aún no se ha secado.

—¡Mierda! —exclama Arthur—. ¡Se ha corrido la pintura!

Médine le tira de la manga, ahora ya visiblemente preocupado. Un adulto a la vista. Peor aún. Un policía. Arthur recoge el material a toda prisa y los dos salen a escape mientras oyen a su espalda los gritos del perseguidor. Arthur mira a su amigo, al que le cuesta seguirle el ritmo, y en ese momento maldice los kilos de más que le pesan.

—¡Sé de un sitio! ¡Sígueme!

¡Si no corren más deprisa, les dará alance! Llegan al hotel más importante de la ciudad.

Arthur conduce a Médine al patio trasero, donde está la entrada de los proveedores. Allí están esperando unos carritos llenos de sábanas blancas preparadas para ir a la lavandería. Arthur se mete dentro de uno de ellos, Médine también, y ambos quedan sepultados bajo las sábanas.

Poco después llega el policía municipal, sin aliento.

—¿No ha visto pasar por aquí a dos chavales?

La camarera se encoge de hombros. El policía suspira y da media vuelta.

Han estado en un tris de que los pillen, piensa Arthur muerto de risa, contento de su hazaña del día.

De pronto, el adolescente nota que el carrito se mueve.

—¡Eh! —dice.

La camarera, asustada, profiere un grito cuando ve a dos energúmenos despeinados salir de entre las sábanas y los echa sin contemplaciones. Los chicos esperan a dar la vuelta a la esquina para partirse de risa.

Se dirigen hacia la panadería. Tantas emociones dan hambre. Salen del establecimiento con un cruasán de chocolate y una Coca-Cola cada uno, y deambulan por el barrio paladeando aquel chute de azúcar con el agradable sabor de la hazaña cumplida.

Suena el teléfono de Arthur.

—Espera, es mi vieja. (Cambio de tono). Hola, mamá. No te preocupes, ya voy. No, no, no estoy callejeando, estoy con Médine, comiendo un bollo. ¡Pues claro que haré los deberes! ¡Te digo que lo tengo todo controlado! No puedo seguir hablando, estoy en la calle. Voy enseguida…

Cuando cuelga, Arthur está serio. Médine se troncha de risa. Arthur lo fulmina con la mirada. Se separan en el cruce de siempre después de despedirse chocando los puños.

Arthur se mete las manos en los bolsillos y se ajusta la capucha de la sudadera. Recorre la calle comercial sin entretenerse. No quiere contrariar más a su madre. Ya está lo suficientemente tenso el ambiente en casa. No obstante, le llama la atención una tienda nueva que han abierto en la esquina. Hacía semanas que el local estaba en obras y no se veía nada. Se pregunta qué tipo de comercio será. ¿Una óptica? ¿Una tienda de telefonía? ¿Una peluquería?, piensa, decepcionado antes de tiempo. Pero no es nada de eso. La fachada le intriga cuando se acerca a ella. En grandes letras blancas escritas con todo cuidado sobre fondo negro, lee: «El bazar de la cebra con lunares».

Escena 3

«Basile, tu presentación sigue dejando mucho que desear...», me digo con mi perfeccionismo habitual. Llevo horas dando los últimos retoques a la tienda. Aunque tengo tiempo por delante, todo hay que decirlo. Será difícil atraer a muchos clientes al principio. No tiene nada de raro. De momento, la gente se fija. Pasa, se detiene unos segundos delante del escaparate, se queda intrigada.

Regresar a Mont-Venus hace seis meses fue para mí una auténtica vuelta a los orígenes. Mont-Venus... Todavía hoy, el nombre me hace sonreír. Me parece estar oyendo a mi madre explicar, con una seriedad enternecedora, cuando daba nuestra dirección: «Lo de Venus es por el planeta...». Sí, el lugareño ha vuelto. Con billete solo de ida. Regreso aquí desprendido de mi pasado, como un hombre que continúa vivo después de que lo hayan asesinado. Un hombre que lo tenía todo en sus manos pero perdió lo esencial. Y eso es precisamente lo que he venido a buscar aquí: algo esencial. Volver a empezar de cero y, movido por un impulso fundador, reinventarme en un proyecto que tenga sentido. Renacer de mis cenizas. Se acabó la carrera desenfrenada y egocéntrica detrás del dinero y la fama. Solo aspiro ya a una forma de calma, de paz y a las satisfacciones sencillas. No abro una tienda. Me regalo un nuevo arte de vivir. Más depurado. Más auténtico. Los objetos que invento destilan imaginación, creatividad, e impulsan a la mente a despertar a un modo de pensamiento más audaz. No tienen ninguna utilidad práctica... Eso es lo que me divierte. En la puerta he pintado, con una bonita letra cursiva, la inscripción: *«Tienda de objetos provocadores»*.

Soy consciente de que emprender un negocio de este tipo en Mont-Venus es un riesgo más que considerable. Dios sabe el cariño que siento por este precioso municipio de Francia, con sus cincuenta mil habitantes orgullosos de mantener un pie en un glorioso pasado de costumbres... Pero hay que reconocerlo: la ciudad no es famosa precisamente por ser una plataforma de la vanguardia. Y el bazar podría muy bien desentonar en la principal calle comercial, donde se concentran las tiendas tradicionales.

En un primer momento, mi concepto de almacén les desanimará, por supuesto. Pero estoy esperanzado. Me encanta la idea de contribuir a demostrar que el espíritu innovador no es patrimonio de las grandes metrópolis.

Qué más da si al principio la gente se siente desconcertada. El objetivo es sorprenderlos, empujarlos a que cedan a la curiosidad y crucen el umbral para descubrir mi universo. En el exterior he colgado una placa reciclada de hierro forjado en la que he puesto mi logo, visible desde lejos: una cebra con lunares. Es un logo redondo, con el dibujo muy estilizado de una cebra cuyo cuerpo está cubierto de lunares, no de rayas. Estuve buscando una imagen que pudiera expresar gráficamente la idea de atipicidad. La cebra, con sus increíbles rayas, me pareció uno de los animales más gráficos. Sin embargo, las rayas seguían siendo algo demasiado previsible, mientras que una cebra con lunares —una rareza comparable a una oveja con cinco patas— lo encontré más singular. En la misma línea, toda la decoración de la tienda fue ideada con un espíritu actual, que yo concibo como el choque de una festiva mezcla de géneros, con una marcada preferencia por el diseño en el exterior y lo anticuado-vintage en el interior, tipo loft-estudio de artista. ¡Atreverse con el contraste me parecía indispensable! Para empezar, la fachada de madera negra, modernidad de una estética sobria y elegante por la que tengo debilidad: líneas depuradas, letras del cartel pintadas en elegantes minúsculas blancas de trazos que no pasan de moda: la fuente Elzevir es a la tipografía lo que el vestido negro a la moda. El gran escaparate expone, en primer plano, las creaciones estrella, y permite ver, en segundo plano, el interior: diferentes espacios, como estuches para presentar cada línea de objetos en serie limitada, a fin de subrayar la poesía, el misterio o la provocación. Por aquí, un lienzo de pared de ladrillo, por allí, una pared blanca y otra negra, y en el altillo, mi despacho-taller, al que se accede por una escalera de caracol construida en acero. En toda la parte delantera de la tienda, gracias al techo de cristal y a su increíble altura, entra la luz a raudales.

El visitante circula entre las mesas como en una exposición y se detiene a su antojo ante los objetos que le llaman la atención. Pese a ello, no tiene ningún parecido con una galería de arte. El bazar de la cebra con lunares pretende ser un lugar que invita a «vivir», además de ver. Vienes, te quedas sorprendido, te diviertes, te sientas, tomas algo, charlas...

Como un templo de la curiosidad que no impone el cuchicheo.

He llegado hasta el punto de improvisar un minirrincón salón de té, acogedor y cálido con su mobiliario retro, anunciado por un cartel de metal pintado que transforma cl «*Home sweet home*» en «*Shop sweet shop*».

Al caer la noche en este comienzo del otoño, me acerco al escaparate para contemplar el logo de hierro forjado de la cebra, que se balancea ligeramente a capricho del viento. Orgullo.

De pronto, suena la campanilla de la puerta. Entra un chaval. ¿Qué edad puede tener? ¿Quince, dieciséis años?

—¡Buenas tardes! ¡Bienvenido!

Su mirada frena en seco mi cordialidad. Me aparto para dejarle espacio y la posibilidad de husmear a placer. Acto seguido hago como si pusiera orden a fin de observarlo por el rabillo del ojo.

Me llama la atención el abrigo manchado de pintura negra. También los dedos están manchados. La capucha roja, que lleva puesta, le da un aire contestatario, como para proclamar una rebeldía sin duda peor asumida de lo que aparenta. Examino furtivamente su rostro redondo, de facciones armoniosas pese a una ligera desviación del tabique nasal, sus ojos negros brillantes con un no sé qué huidizo, sus cabellos castaño oscuro con un corte cuidado que contrasta con el desaliño de su atuendo. La moda dicta sus efectos de estilo, como figuras impuestas a los jóvenes de su generación: la mayor parte de las veces, un degradado, con el pelo muy corto en los lados y más largo arriba, sin olvidar una raya de separación marcada por un trazo hecho con maquinilla eléctrica.

Sonrío ante ese conformismo capilar que me recuerda mis propias paradojas: ¿cómo pertenecer al grupo al mismo tiempo que uno encuentra su singularidad?

El chaval avanza hacia la primera mesa, donde se hallan expuestos los bichos de mi infancia. Los SpiderTrick de nueva generación. No entiende cómo funciona este artefacto. Se impacienta. Yo no intervengo. Si se lo explico, le estropearé el placer del descubrimiento. Hace el esfuerzo de leer la tarjeta de presentación que desvela los secretos de mi insecto con patas mecánicas. Comprende el sistema del detector de presencia y del acelerador de velocidad, que acciona el movimiento al acercarse la mano para coger el insecto. Sonríe discretamente y lo hace de nuevo, dos, tres veces.

Tengo la impresión de haber superado la primera prueba ante un jurado exigente.

El jovencito, de nuevo desconfiado, prosigue su exploración por la zona de los objetos *prêt-à-penser*. Ahora está delante de mis «latas de conserva para abrir la mente».

La primera lleva este mensaje: «Los sueños no crecen en las latas de sardinas».

En el interior, cuatro sardinitas de madera, pintadas y colocadas una junto a otra. Cada sardina lleva una inscripción con dos antónimos, cuya finalidad es hacer reflexionar sobre la concepción de la vida que uno quiere llevar.

«¿Generoso o mezquino?», «¿Constructivo o crítico?», «¿Intrépido o pusilánime?», «¿Decidido o pasivo?».

El chaval se rasca la nuca. Yo juraría que algo se mueve ahí adentro.

Disfruto interiormente. Él coge otra lata y por sus labios me percato de que está leyendo el título: «Conserva politizada». La abre y da un respingo cuando sale de ella un mensaje igual que un muñeco de una caja de sorpresas: «¡No a las ideas conservadoras!». Se vuelve hacia mí y me espeta en tono burlón:

—¡Estas latas no sirven para nada!

Su reacción me divierte.

—Desde un punto de vista práctico, no, es verdad —digo—. Pero, yendo un poco más allá, ¿consideras que no es nada un objeto que te hace reflexionar, o que simplemente te hace sonreír?

Frunce los ojos como si estuviera escaneándome. Tiene la réplica en la punta de la lengua, pero se la traga y finge centrar su atención en la lata de conservas de Heinz Baked Beans vintage, reinterpretada con el eslogan de Obama *Yes, we can!**

Su semblante se ilumina en cuanto pilla el juego de palabras.

—¡Muy buena, esta!

Le sonrío.

—¿Quieres que te explique con más detalle el concepto de la tienda? —pregunto.

—No, gracias. Solo quiero echar un vistazo.

* *Can*: lata de conserva en inglés.

Pasa rápidamente por delante de la «lámpara onírica», sobre cuya base se puede leer «Soñar da sentido», y se detiene delante del reloj de relojes.

—¿Y esto?

—Es el «reloj paso del tiempo». Mira, hay doce relojes de arena dispuestos en dos hileras. En cada uno de ellos, la arena pasa de una ampolla a la otra en una hora. De esta forma, en un instante puedes hacerte una idea de la hora que es... Pero sobre todo es un objeto bonito que permite tener presente el valor del tiempo que pasa.

—No está mal...

El reloj le gusta.

—¿Cuánto vale?

—Ochenta y nueve euros.

—Ah, vaya...

Lo deja en su sitio.

Luego su mirada se posa en un cuadro negro que está colgado en la pared.

En el interior..., nada. Frunce el entrecejo, se vuelve hacia mí con expresión interrogadora.

—¡Esto sí que no lo entiendo! ¿No hay nada que ver?

—Justo eso —respondo sonriendo—. Lo que hay que ver aquí es la «nada». Tómalo como arte conceptual. El objeto te invita a reflexionar sobre la utilidad de la nada. El marco está vacío. Metafóricamente, es una manera de decirle al espectador que en la vida es bueno dejar espacio al vacío, no intentar llenarla en exceso. El tiempo del sueño, el tiempo del ser... ¡El tiempo de la nada! Por ejemplo, sentarse simplemente para sentirse vivo. Presente en el presente. Imagina una partitura de música sin ninguna pausa, sin ningún silencio. ¡Sería una cacofonía insoportable! Sin embargo, ¿cuánta gente satura su vida con actividades, agitación, haciendo lo que sea a toda costa? Todo va demasiado deprisa, corremos detrás del tiempo, quisiéramos «disponer del tiempo» como si se tratara de un crédito al consumo, sin proporcionarnos realmente los medios. Pero el tiempo se escucha como el silencio. Solo adquiere forma si nos permitimos verlo. Si no, se te cuela entre los dedos. —Y añado con picardía—: Quizá no sea nada…, ¡pero esto lo cambia todo!

Veo que lo entiende. Eso me complace. Va a decir algo, pero le suena el móvil. Lo busca febrilmente en sus bolsillos soltando algunos tacos. Es evidente que están esperándolo. No acabará el recorrido por la tienda. Lástima, estaba a punto de descubrir mis mejores piezas. Tal vez en otra ocasión. Lo veo salir del establecimiento, me emociona que un adolescente haya sido sensible al espíritu del bazar. En cuanto a la SpiderTrick que se ha metido en el bolsillo, haré como si no lo hubiera visto.

Escena 4

Giulia vive una mañana como las demás, en las que lo normal y corriente dicta los gestos y marca la cadencia. Se dispone a salir de casa y coge el manojo de llaves que está sobre el taquillón de wengué de la entrada. Antes de marcharse, no deja de echar un vistazo a la imagen que se refleja en el espejo. Advierte la aparición de dos arruguitas en la comisura de los párpados y se pregunta si todavía puede gustar. Examina los pómulos altos, la piel diáfana, los labios suavemente carnosos y las largas pestañas oscurecidas con rímel, que realzan el azul de sus ojos. En el nacimiento del cuello, un lunar, semejante a una mosca de tafetán negro, delata un temperamento apasionado detrás de una apariencia discreta. Sí, aún conserva sus atractivos.

—¡Me voy! —le dice a su hijo.

Lo oye mascullar en su habitación. Sabe de sobra que no está listo. «Va a llegar tarde otra vez al instituto», piensa irritada.

Desde muy pequeño, su hijo se ha resistido a respetar las reglas, las consignas, el marco establecido. Giulia piensa en los años y años de paciencia dedicados a ayudarlo a adaptarse al sistema escolar y conseguir lo imposible: meter un cuadrado en un círculo. La incompatibilidad con el sistema no se notaba tanto en los primeros cursos. En aquella época, su hijo sabía navegar como nadie sobre su capacidad para salir adelante con el menor esfuerzo. Lamentablemente, al hacerse mayor, la superchería ya no coló. De fracaso en fracaso, hubo que rendirse a la evidencia: Arthur no era estudioso. Así pues, el itinerario educativo se transformó en un calvario, y las relaciones entre ellos se tensaron al máximo, hasta convertirse en «balcánicas». A punto de estallar en cualquier momento... Giulia reconocía que su separación y la marcha del padre de Arthur no habían contribuido a mejorar las cosas. ¿Había escapado su exmarido de las responsabilidades que implica la educación de un hijo atípico cuando crece como una mala hierba?

Perdida en sus pensamientos sombríos, Giulia profiere un grito en el momento en que un automovilista está a punto de atropellarla y la pone de vuelta y media. Ella no duda en pedir disculpas. No puede dejar de achacar su falta de atención al estrés y la indescriptible sensación de marasmo que la ha invadido desde que se ha levantado.

Nada más poner un pie fuera de la cama, ya se ha sentido cansada. Sensación que no la ha abandonado. Camino de la bendita cafetera, ha tropezado sucesivamente con las zapatillas deportivas de Arthur —que se había quitado sin desatar los cordones y había dejado por en medio—, con la mochila de Arthur —que no había abierto desde el día anterior—, con los calcetines de Arthur tirados de cualquier manera —probablemente encontraría otros en algún lugar insospechado de la casa en los próximos días, cuando hiciera la limpieza a fondo de primavera— y, por último, con el propio Arthur y su metro ochenta. Un gruñido ronco a modo de saludo y un fugaz beso dado deprisa y corriendo, sin interrumpir el rap que penetra directamente en sus oídos. En ese grado de escucha intensiva, ya no son auriculares sino injertos auditivos…

Giulia coge el autobús por los pelos. Durante el trayecto, le entran de pronto ganas de escribirle una carta virtual a su hijo, de dejar que hable su corazón, dividido con más frecuencia de lo deseable entre el amor y la exasperación. ¿Lo propio de la adolescencia? Las palabras desfilan por su cabeza al mismo tiempo que el paisaje.

Arthur… Te quiero, yo tampoco. Esta es la canción que tú y yo interpretamos en los últimos tiempos.

Por supuesto que te quiero. Entonces ¿por qué tengo tan a menudo ganas de estrangularte? A lo mejor por eso me reí tanto viendo la serie de *Los Simpson*, con la manía del padre, Homer, de estrangular a su hijo Bart.

¡Qué tentador es a veces dejar que se te fundan los plomos! Madres estresadas. Mujeres al borde de un ataque de nervios. Hijo mío, tengo el honor de decirte que pones un toque Almodóvar en mi vida.

Contigo, la rutina doméstica parece el mito de Sísifo. Una eterna repetición de súplicas para educarte en los gestos elementales de la convivencia armoniosa. Un conjunto de pequeñas exigencias legítimas que se quedan demasiado a menudo en letra muerta.

¿Acaso requieren esas cosas tan simples un máster en domesticidad?

35

¿Puedes concebir que la tapa del váter no queda mejor levantada, que doblar tus prendas de vestir no es hacer una bola con ellas, que a la ropa limpia no le gusta acabar con la sucia, ni a la ropa sucia que la guarden con la limpia, que puedes ponerte para dormir cosas más apropiadas que tu mejor polo bien planchado, que poner la mesa no se reduce a echar de cualquier manera dos cubiertos, que, pese a lo que piensas, las esponjas no son ratas muertas y las migas que quedan en la mesa no son insectos repugnantes, que el cubo de la basura es tu amigo, y que tus galletas preferidas no brotarán de los envoltorios que alfombran el suelo de tu habitación...?

Sé que en el fondo de tu ser te resistes a realizar estas tareas por miedo a perder tus privilegios. Sin duda piensas que, si me demuestras que puedes, nunca más volveré a hacerlas yo por ti. Seguramente también presientes que estás viviendo tus últimos minutos de infancia y retienes unos instantes más la despreocupación de esa edad de oro en la que otros «se hacen cargo de ti».

Sube una señora al autobús con un cochecito de bebé. «¡Pues no le faltan años para criar al retoño!», piensa Giulia con un sentimiento de empatía. Se acuerda de un anuncio de France 5: «¡Eduquemos! ¿Es un insulto?». Educar no es una palabrota, sino una gran responsabilidad. No es ni fácil ni divertido. Giulia nunca imaginó que un día se convertiría en alguien que lanza mensajes represivos a diestro y siniestro. Todos esos «no hagas esto, no hagas lo otro» que entran por un oído y salen por el otro.

Hijo mío, la semana pasada estuve a un paso de pedir cita con el otorrino para que te hicieran una prueba de audición. Tu receptividad es como un queso gruyer y nuestros diálogos de sordos están llenos de agujeros. Aun así, no quiero tirar la toalla. Sé que el acné de nuestras reacciones epidérmicas desaparecerá con el tiempo... y con la edad.

Giulia se baja en la parada habitual. No presta atención al encanto de las callejuelas que recorre apresuradamente, a los edificios bajos de fachadas pintadas en tonos ocre, a los bonitos balcones de hierro forjado, a la arcada del jardín botánico, por delante del cual pasa sin mirar su famosa fuente de Venus con el pelo trenzado. Solo tiene ojos para el reloj. Imprescindible no llegar tarde a la videoconferencia con la dirección de París, que quiere celebrar una reunión informativa «de vital importancia», le han dicho. Cada vez que la sede central llama, sopla un viento de pánico en su pequeño equipo de subcontratistas. Conoce esa manera de presionar, de tomarse en serio y casi como una tragedia la llegada de cualquier nueva petición del cliente.

«Pero, en realidad, no hay ningún motivo», se dice Giulia, con la sensibilidad a flor de piel. No quiere ni pensar en eso ahora. En ese vacío en el fondo de su ser al que intenta no dedicar ni un segundo de su tiempo. Porque las cosas tienen que ir bien. No puede permitirse el lujo de imaginar que podrían ser de otro modo. Es incapaz de mirar de frente esa falta de sentido. Va a trabajar allí todos los días porque debe hacerlo. No hay más. De lejos, su situación puede parecer envidiable, incluso gratificante... Pero, entonces, ¿por qué Giulia se siente tan decepcionada cuando piensa en su carrera? «No está tan mal...», intenta convencerse. Pensamientos escudo. En eso es experta.

Entra en el pequeño vestíbulo de Olfatum, donde está sentada una recepcionista interina que apenas levanta la cabeza para saludarla. Frente a ella, un sofá azul cobalto, con dos cojines de color amarillo y plateado, espera a los escasos visitantes. En la pared, una hilera de repisas translúcidas presenta los productos estrella en cuya concepción ha participado la empresa. Giulia deja rápidamente sus cosas en su despacho completamente blanco, incluidas las paredes y las tiras olfativas. Una decoración depurada al máximo, como si ningún sentido que no fuera el olfato tuviese derecho de ser convocado allí. Olfatum no permite personalizar la decoración y reina en el entorno un ambiente más propicio a inspirar las almas de técnicos de laboratorio que de creadores. Qué ironía de la suerte, cuando se sabe que la palabra latina *fatum* significa «destino». Sin embargo, lo cierto es que ese destino profesional no es el que ella había imaginado. Cuando eligió este camino, lo que la sedujo al principio fue el nombre: compositor-perfumista. ¡Crear óperas de perfumes! ¡Convertirse en una virtuosa del sentido del olfato! ¡Orquestar la estructura de fragancias tan preciosas como embriagadoras! Nariz. Cinco letras que la embarcaban en cientos de sueños posibles. Todo menos quedarse encerrada en gamas de aromas baratos. ¡Jamás habría creído que sus creaciones olfativas acabarían en las axilas!

Cuando la contrataron, el reto parecía seductor: trabajar a distancia para un grupo parisino formando parte de un equipo de tamaño humano y no tener que marcharse de su región. Se trataba de trabajar en productos de higiene personal, es verdad, pero su discurso daba a entender que la innovación ocuparía el lugar central en los proyectos que emprendieran. Un argumentario muy eficaz que expresaba la necesidad de un auténtico rejuvenecimiento para sacar los productos de los carriles florales clásicos, de los que las consumidoras, decían, se habían cansado. El espíritu de joven tahitiana ya no causaba furor, en efecto. La mujer moderna quería que la embarcaran en otro tipo de viajes. «Reinventar el exotismo»: la idea había conquistado a Giulia. Y, pese a su espléndido título del ISIPCA —el Instituto Superior Internacional del Perfume, la Cosmética y la Aromática alimentaria— y una primera experiencia como ayudante-química de perfumista en una marca conocida por sus jabones, las oportunidades de empleo escaseaban y el acceso a buenos puestos resultaba difícil. Así que Giulia se había incorporado al campo de los perfumes para productos de higiene corporal, con la intención de que su paso por ahí se redujera a una breve etapa de su trayectoria profesional.

Sin embargo, con la llegada de Arthur el plazo de lo provisional se había alargado. En aquella época, su marido veía el empleo fijo como una condición *sine qua non* para la paz matrimonial. Ella compartía entonces su opinión, satisfecha de su vida de joven madre y mujer enamorada.

A trancas y barrancas, resistieron catorce años. Dos ciclos de siete años. Después, él conoció a otra que en unas semanas arrasó con todo, con la razón y los sentimientos.

Tantos años de vida en común evaporados como una vulgar colonia sin alma ni nombre. Desde entonces, Giulia vivía en puntos suspensivos, carente de valor para reanudar la lectura. Se sentía petrificada por dentro, como en una escena congelada, en la que el movimiento queda interrumpido, en suspenso. Quizá era el «fenómeno cuchillada» postraición lo que le impidió ponerse de nuevo en movimiento, porque en el momento en que uno se mueve es cuando se empieza a sentir el dolor, cuando el aire penetra en la herida. Dos años después del abandono de su marido, la herida continuaba tan en carne viva que Giulia prefería mantenerse en la postura menos dolorosa: una especie de inmovilismo anestesiante.

Sin perder tiempo, Giulia se dirige a la sala de reuniones. En el pasillo se cruza con Paul, un interino que se ocupa del mantenimiento informático desde hace años. Allí todo el mundo lo llama Pollux, como el perro de un antiguo programa infantil de la tele. Un apodo cariñoso, no malintencionado, por su pelo semilargo de un rubio pajizo y su amabilidad un poco torpona. Pollux le da un par de besos. Ella toma nota mentalmente: «Olor corporal muy intenso». Deformación profesional. Lo observa mientras retrocede para recuperar la distancia apropiada: corpulento, manos que doblan en tamaño las suyas, ojos azules extrañamente translúcidos, mejillas caídas que delatan unos kilos de más y una cuarentena que toca a su fin… Giulia se reprocha ese examen sin concesiones y pone todo su empeño en mostrarse amable con él.

—¿Qué tal, Pollux? ¿Va bien el día?

—¡Cuando te veo siempre va bien, Giulia! Tengo que

hacer una actualización importante en tu ordenador. ¿Puedo pasar hacia las once?

—Mejor a las once y media. La reunión de marketing seguro que no acaba antes.

Él asiente con expresión jovial. Ella le da las gracias y se apresura a ir a la sala de reuniones.

Allí encuentra a Nathalie, evaluadora y compañera de equipo, que la espera con un café en la mano. Justo en ese momento llega la llamada de París y el rostro de la directora de marketing aparece en la pantalla negra colgada en la pared. Empieza a hablar inmediatamente y presenta el nuevo proyecto. Por suerte, Giulia puede contar con la seriedad de Nathalie, que anotará todos los detalles. Ella sabe descifrar los deseos del cliente y acompañar a Giulia en todas las etapas de su trabajo de creación.

Tampoco hoy hará su pequeña revolución olfativa, piensa, sin embargo, al ver el pliego de condiciones. Como conoce la línea del grupo y el posicionamiento borreguil del sector de productos de higiene, sabe que, en ese tipo de proyectos, la audacia ocupará un espacio tan pequeño como una gota de ylang-ylang en la fórmula de los componentes.

Escena 5

Son apenas las siete y media de la mañana, pero Louise Morteuil, ya a pleno rendimiento, está decidida a recorrer a paso raudo las calles de Mont-Venus, no sin que cada diez metros su bonito teckel rojo de pelo corto, que se resiste a seguir ese ritmo, la detenga.

—¡Opus! ¡Date prisa!

Louise se dice con frecuencia que el teckel debe de tener sangre de koala, pues su carácter es tan dulce y apacible como nervioso es el de ella. Louise Morteuil tira de la correa para incitar al animal a apresurarse. Pero este a duras penas se inmuta, acostumbrado a hacer lo que se le antoja. Louise nota su mente bien aguzada, resultado positivo de una higiene de vida irreprochable. Tiene la costumbre de aprovechar las horas matinales para reflexionar sobre las cosas que le preocupan, hacer limpieza en sus ideas, tomar decisiones comprometidas. «El mundo pertenece a los que madrugan». Le gusta esa sentencia y se felicita por formar parte de los que hacen lo necesario para aplicarla con disciplina.

Esta mañana, la autopista de sus pensamientos está sobrecargada. Quiere pasar a toda costa por la asociación antes de ir a la oficina. Louise Morteuil puede jactarse de ser una mujer poliactiva. Además de dedicarse a su trabajo como jefa de redacción de *La Dépêche du Mont*, hace cinco años fundó una organización sin ánimo de lucro llamada Ciudadanísimo, cuya finalidad es muy importante para ella. Se trata de un pequeño grupo de voluntarios comprometidos, como ella, en la tarea de enaltecer los valores, a veces a la deriva, de la maravillosa civilización occidental. Louise Morteuil tiene una elevada idea de su misión. A su entender, es deplorable la resignación en «el terreno de las responsabilidades en la educación, la transmisión, la moral», una lenta relajación que ha acabado difuminando los bordes de un marco que «ya es hora de restablecer para permitir que las nuevas generaciones vayan por el buen camino».

El laxismo ambiental la desespera. «Meter las mentes en cintura», proporcionar puntos de referencia: una disciplina estricta, el gusto por el esfuerzo y el compromiso..., la vida se traza en líneas y cuadrados, se complace en decir... Le gusta la «C» mayúscula de la palabra Civilización. Y, para ella, una gran civilización levanta sus pilares sobre otras «C» mayúsculas: Convicciones, Competencia, Cooperación. Además, y sobre todo, es preciso aceptar cierta autoridad, adaptarse a las normas, recuperar el espíritu de las tradiciones, indispensables raíces de los pueblos.

Enardecida por su propia exaltación matinal, Louise Morteuil se ha dejado arrastrar por Opus, súbitamente decidido a correr. No puede sortear al hombre que está plantado con un enorme paquete en las manos justo en medio de su camino. El paquete acaba en el suelo a consecuencia de la colisión. El individuo suelta un taco que destroza los oídos de Louise. Como guinda del pastel, Opus se pone a ladrar.

—¡Calla, Opus! ¡Chitón!

El hombre se ha arrodillado delante de la caja como si se tratara de un herido grave y la abre como si temiera descubrir una terrible hemorragia. Un repartidor sentimental, piensa Louise, molesta. No obstante, se siente en la obligación de disculparse por el comportamiento del perro. El repartidor masculla que no pasa nada. Ella riñe a Opus al tiempo que lo colma de caricias.

El tipo le lanza una mirada penetrante que la irrita. Ella lo escruta y considera que su aspecto es descuidado. Pelo castaño mal peinado y, por si fuera poco, rizado, barbilla arrogante y sin afeitar, ojos verde grisáceo que al observarlos, al perro y a ella, se han iluminado —ella lo juraría— con un brillo burlón.

Louise endurece su expresión y se despide, no sin volverse una última vez, frunciendo los labios, para ver el establecimiento en el que el desconocido entra. ¿Qué? ¿El bazar de la cebra con lunares?

¿Qué clase de tienda es esa?

Louise hace una mueca. Un concepto marginal, ¡como si hubiera necesidad de eso aquí! El ayuntamiento debería controlar más los traspasos de los locales y favorecer los comercios útiles: una tienda de comestibles, una frutería-verdulería de productos de proximidad… ¡Incluso una droguería! Se hace el firme propósito de hablar del asunto con el alcalde.

Llega enseguida a la asociación, tras pasar por delante de un colegio de fachada vetusta donde se conserva la inscripción original: «Escuela pública Sainte-Félicité», sobre la cual ondea la bandera de la República. Los alumnos empiezan a afluir delante de la verja de la escuela. Opus pretende levantar la pata contra una de las vallas munici-pales que bordean la entrada del edificio. Louise Morteuil se dispone a impedírselo cuando su mirada se detiene en el cartel maltratado del candidato número 3 en las próximas elecciones. Una pintada, una especie de palabra-imagen hecha con plantilla. Escrita en grandes letras negras estar-cidas se lee la palabra «POLÍTICA», pero la última sílaba ha sido convertida en un auténtico licuado gráfico.

La tinta se ha corrido dibujando lamentablemente algo así como una baba negra en los labios del candidato.

Louise ya ha visto esas pintadas hechas con plantilla en otros lugares de la ciudad. El estilo es fácilmente reconoci-ble y los grafitis llevan firma: un tal ARTh'. ¡Como si se tratara de obras de arte! Ese grafitero utiliza las paredes de Mont-Venus como válvula de escape al aire libre... ¡Está claro que ya no se respeta nada!, piensa, contrariada.

Otra cuestión que tendrá que abordar con el alcalde. Perdida en sus pensamientos, no presta atención al delga-do hilo amarillo que se desliza lentamente sobre el asfalto.

Escena 6

Arthur camina deprisa, con las manos metidas en los bolsillos de su chándal de marca. Con una, toquetea nerviosamente la araña mecánica que birló el otro día en El bazar de la cebra con lunares. Se pregunta cómo va a arreglárselas para devolverla sin que el dueño se dé cuenta. Quiere hacerlo como es debido. Para que su vieja esté contenta.

La escena de la noche pasada fue terrible. En general, a Arthur le gusta plantar cara, pero cuando su madre se pone hecha un basilisco no las tiene todas consigo. Estaba entretenido con un videojuego cuando ella irrumpió en su habitación sin llamar. Acababa de llegar del trabajo, reventada, como casi todos los días desde que se ha separado de su padre. Seguramente ella no se daba cuenta, pero a él se le hacía un nudo en la garganta al verla al límite de sus fuerzas, a punto de venirse abajo en cualquier momento. Lo saludó con un «Hola» frío, contrariada por encontrarlo otra vez delante de una pantalla. Siguió el ping-pong de su habitual diálogo de sordos:

—¿Y los deberes?

—Me pondré ahora mismo, no te preocupes. ¡Solo faltan dos minutos!

—¡Tus dos minutos duran siempre dos horas! ¡Podrías mirarme a los ojos cuando te hablo!

—No puedo, estoy en plena partida…

Un solo vistazo a la ropa sucia tirada por el suelo o hecha una bola encima de la cama sin hacer bastó para que su paciencia cediera, como un dique que revienta empujado por un río de lodo. Descargó sobre él un torrente de ira devastador. Cuando eso sucede, Arthur aprieta los dientes y aguanta sin rechistar, como un boxeador en el ring. Pero por dentro está hecho trizas. En un último arrebato de ira, su madre agarró el montón de ropa y se lo arrojó a la cara. La SpiderTrick debía de estar en medio de aquel revoltijo y justo en ese momento apareció ante sus ojos.

—¿Qué es esto?

Intentó coger la araña mecánica, pero la ingeniosa criatura se escapaba en cuanto la mano de su madre se acercaba al detector de movimiento. Lo cómico de la escena le arrancó una risa sofocada a Arthur, lo que acabó de poner a su vieja fuera de sí.

—¿De dónde lo has sacado? ¡Quiero una explicación!

Ella no cedió ni un ápice en el interrogatorio hasta que consiguió la confesión del hurto. La riada de ira dejó entonces paso a una calma más inquietante todavía. Él veía en su mirada el alcance de su decepción. Un lago helado de desilusiones.

—¡Está bien, se lo devolveré! —dijo Arthur haciéndose el listo.

—¡Más te vale! —replicó ella con una voz extenuada por el desaliento.

Salió de la habitación y cerró la puerta sin dirigirle una

sola mirada, lo que hundió a Arthur en el abismo de sus remordimientos.

Al final, decepcionarla era el peor de los castigos. Pero la pendiente que había que remontar para recuperar la estima materna le parecía tan empinada que lo consideraba misión imposible. Partía de demasiado lejos. Jamás lograría satisfacer sus expectativas.

Arthur se acerca hasta El bazar de la cebra con lunares. Se sube el cuello de la cazadora estremeciéndose, más a causa de la tristeza que por el frío. Al llegar a la puerta de la tienda, su mirada se posa un breve instante en el cartel manuscrito: «Abierto». Respira hondo, como ha aprendido en las clases de artes marciales, y entra. Un carillón de aluminio anuncia su llegada. Nadie. Qué raro. Pero le va de perlas. Podrá devolver el bicho con absoluta discreción. Se dispone a hacerlo cuando oye una voz grave a su espalda.

—Hola.

Sorprendido, se vuelve de golpe, no sin haber dejado caer antes la araña en la cajita.

El hombre está a tres pasos de él. Su estatura es más imponente de lo que le pareció la primera vez.

—Veo que te interesas por mis creaciones, me alegro.

—Mmm…, sí, así es. ¡Esos bichitos son muy graciosos!

Se siente idiota, la verdad. No debe quedarse allí más tiempo. La broma ya ha durado bastante. Mueve los brazos de delante atrás, saluda y se dispone a salir cuando nota que una mano ancha se posa en su hombro.

—Creo que se te olvida algo.

—¿Qué? —Arthur traga saliva.

—Pedir disculpas, por ejemplo.

—No entiendo...

—Lo entiendes muy bien.

«¿Por qué tengo la impresión de que está divirtiéndose?», se pregunta Arthur, nervioso.

—No, se lo aseguro, no sé qué quiere decir.

—Creo que intentas tomarme por... por lo que no soy.

Arthur está desconcertado. Para su sorpresa, el hombre le tiende la mano.

—Me llamo Basile, ¿y tú?

¿Cambia de tema? ¿Es una trampa?

—Mmm..., yo Arthur.

Ahora Basile le sonríe abiertamente.

Se acerca a la cajita de las SpiderTrick, coge una y se la tiende a Arthur.

—Toma, te la regalo.

Arthur duda. ¿Dónde está el engaño?

—¡Toma, hombre! Después de todo, que te haya gustado este bicho es una buena señal.

El chaval la coge preguntándose si hace bien o no.

—Y... ¿por qué es una buena señal?

—Eso demuestra que te gustan los hallazgos ingeniosos, que tienes la mente abierta y cierto sentido de la imaginación.

Arthur no sale de su asombro. Se esperaba que le cayera una bronca de cuidado, ¡y resulta que ese tipo casi le echa flores!

Basile se echa a reír.

—¡No es para tanto, di algo! ¡De nada!, por ejemplo. Tampoco vayas a pensar que ya se me ha olvidado que birlaste esa araña, así que...

«Ah, aquí estamos». Arthur presentía que habría trampa.

—… vas a hacerme un pequeño favor a cambio. ¿De acuerdo?

—Depende. ¿Qué favor?

—Acompáñame.

El hombre sube la escalera de caracol y desaparece en su despacho-taller. De pronto, Arthur titubea. ¿Y si fuera un psicópata? Lo ataría, quizá lo degollaría, y nadie oiría sus gritos. Su madre no sabría nunca qué le había sucedido, como en esos horribles programas en los que reconstruyen investigaciones criminales y…

—Bueno, ¿vienes o qué? —se impacienta Basile en el piso de arriba.

Arthur no tiene elección, debe ir.

Escena 7

«Basile, no quisiera herir tus sentimientos, pero tu corte de pelo es un desastre».

Me miro en el espejo e intento dar un aspecto presentable a mis cabellos rizados mojándolos con agua para aplastarlos, pero no hay manera. Los mechones rebeldes van a su bola. Para la ocasión me he puesto una camisa blanca que crea un bonito contraste con el azul oscuro de la chaqueta. Cuando concedes una entrevista, la primera impresión es importante. Y contar con una buena reseña sería de gran ayuda para el lanzamiento de la tienda. Echo un vistazo rápido a mi reloj mecánico, uno de los contados objetos valiosos que poseo, vestigio de una época de fasto que no añoro. «¡Date prisa, Basile!». Salgo de casa y bajo a paso ligero la escalera. La periodista me ha citado en el Café de la Esperanza. Espero que eso me dé suerte.

Cuando llego, la chica, que ya está allí, me recibe con una sonrisa jovial. El camarero y los clientes asiduos observan la escena con interés. Seguramente saben que Audrey trabaja para *La Dépêche du Mont* y tratan de adivinar la identidad del entrevistado, incluso captar algunas briznas de información susceptibles de alimentar los chismorreos de barra de bar.

La periodista me invita a sentarme después de un apretón de manos muy firme. Una seguridad desmentida por la agitación presente en sus ojos y algunos signos de nerviosismo que camufla a base de montones de palabras inútiles. Como si tal cosa, se toma la molestia de observarme de pies a cabeza. Yo me someto al examen sin pestañear. Lo que ve parece gustarle.

—Encantada de conocerlo, señor Vega.

—¡Basile, por favor!

—Basile —acepta ella con un mohín gracioso—. Descubrí el otro día El bazar de la cebra con lunares, le confieso que despertó mi interés, y estoy impaciente por preguntarle sobre el concepto de la tienda, que me parece como poco original.

Ha captado el espíritu del establecimiento. Lo percibo, todo va a ir estupendamente. Pedimos sendos cafés e iniciamos el ping-pong de pregunta-respuesta.

—Dígame, ¿qué tipo de objetos vende?

Sonrío mientras me pregunto por dónde debo empezar para que comprenda que El bazar de la cebra con lunares es cualquier cosa menos un comercio normal y corriente, dedicado a la venta de bienes útiles.

—Bueno, yo no soy comerciante. Soy inventor. Mis creaciones son piezas únicas que no encontrará en ningún otro lugar del mundo, y garantizo la integridad de su concepción y su carácter de prototipos... Mis objetos no tienen funcionalidad práctica como tal. Su uso es de otro orden...

—Es decir...

Le explico la idea de «tienda conductista».

—Verá, lo que expongo a través de mis creaciones es ante todo una filosofía, una relación diferente con el mundo.

Ella toma notas a toda velocidad.

—¿Por qué «conductista»? Es un término que se utiliza fundamentalmente en el terreno de la psicología, ¿no? —pregunta sorprendida.

—Es conductista porque mis objetos están ahí para provocar reacciones, para inducir a hacerse preguntas... ¡y también para estimular el cerebro derecho! —Noto que espera una explicación más amplia—. Nuestro mundo continúa privilegiando mucho el «normopensamiento». En «normo» está la idea de normal, pero también de normativo, un modo de pensar dentro de un marco establecido que dicta las normas. Este sistema privilegia cierta forma de inteligencia: la racionalidad, el análisis, el pragmatismo, el rendimiento... El elogio del cerebro izquierdo. Las empresas esperan que se les hable de retorno de inversión, necesitan evaluar, cuantificar. Entendámonos, ¡eso no es en sí mismo malo! En cambio, lo que es una pena, a mi entender, es infraocupar la maravillosa otra parte del cerebro, el lado derecho.

Hago una pausa y saco del bolsillo de la cazadora una hoja de papel doblada en cuatro. Sonrío ante su expresión interrogadora y despliego la hoja como un prestidigitador contento del efecto que producirá su truco.

—¿Conoce a Erwin Wurm?

Ella niega con la cabeza mientras sus ojos permanecen clavados en la sorprendente imagen de la célebre *Narrow House* del artista austriaco.

—A mí esta obra de arte me parece fascinante. Erwin

Wurm realizó una versión compactada de la casa de su infancia, como si las paredes y todo el espacio hubieran sido comprimidos. Entré en la *Narrow House* en el marco de una exposición y recuerdo que me «impresionó» física e intelectualmente la sensación de exigüidad, ya en aquella época. Me pareció muy ingenioso que utilizase el humor y el absurdo para desencadenar una reflexión sobre la estrechez de nuestras formas de vida, y en ocasiones la estrechez mental... Mis «objetos provocadores» se inscriben en el mismo enfoque simbólico. Deben producirle a la gente ganas de «empujar las paredes» de su mente, de ampliar los límites de sus sueños y de poner sus deseos en acción.

La anécdota le gusta.

—O sea que, para empujar las «paredes» de nuestra mente, ¿usted recomienda desarrollar las aptitudes del cerebro derecho? ¿Qué aporta ese lado del cerebro que sea tan especial?

—Es el aliado de las emociones, de la intuición, de la creatividad. «Siente», «sabe». Nos conecta con nuestra parte sensible. Pensamiento en arborescencia, profusión de posibilidades... Con él, las soluciones brotan de no se sabe dónde, allí donde el cerebro izquierdo quizá se habría angustiado al permanecer en la zona de lo conocido. *Think out of the box*. Pensar fuera del marco.

—Entonces, ¿hay un cerebro bueno y uno malo?

—No, los dos tienen su utilidad, y la idea no es mostrarlos enfrentados sino...

—¿Reconciliarlos? —sugiere.

—¡Sí! Es exactamente eso.

Sin dejar de prestarme atención, Audrey ha pedido un

zumo. La naranja exprimida llega. Sus labios pintados con un *gloss* albaricoque se cierran sobre la pajita y Audrey aspira de un tirón la mitad del vaso. Me sorprende encontrar ese detalle encantador. Ella, inconsciente de la ligera turbación que me produce, prosigue la entrevista con una seriedad enternecedora.

—Me da la impresión de que, con esta iniciativa, usted se interesa esencialmente por otra «manera de ser»…

—En efecto. En mis expositores encontrará, por ejemplo, una caja luminosa con el mensaje: «El tener no es una razón de ser». El bazar de la cebra con lunares vende productos, pero el núcleo del proyecto no es mercantil. El bazar es una propuesta a medio camino entre lo artístico y lo filosófico… Me encanta la idea de que, en medio de la calle más comercial de esta ciudad, una tienda a contracorriente invite a reflexionar sobre uno de los principales males de nuestro tiempo…

—Que es…

—¡El tener, querida Audrey! ¡La rueda infernal del hiperconsumo! Poseer más. Cada vez más. ¡Eso no tiene sentido! La búsqueda suena a hueco. Por lo demás, hay estudios que demuestran que, desde el momento en que se ha alcanzado un nivel de vida correcto, el nivel de felicidad no sigue aumentando en proporción a la riqueza. ¡No somos el treinta por ciento más felices si nos ganamos el treinta por ciento mejor la vida!

—Sin embargo, todo el mundo sueña con tener más dinero.

—Sí, pero ¿no es, en parte, por ceder a la influencia general? Además, está la escalada de las expectativas: en cuanto tenemos lo que deseamos, nos acostumbramos a ello con una rapidez pasmosa y ya queremos otra cosa.

—¿Eterna insatisfacción?

—¡Sí! Permítame citarle esta frase de Lao Tse: «Persigue el dinero y la seguridad, y tu corazón jamás podrá liberarse».

Audrey parece apreciar la máxima.

—La única forma de dejar de tener miedo —continúo— es cambiar de postura interior, desarrollar la capacidad de reacción y la fuerza interior para plantar cara, sea cual sea la situación que se presente.

—¡Menuda sorpresa! ¡Yo creía que había quedado con un comerciante y resulta que me encuentro con un sabio!

Me echo a reír y me inclino hacia delante para sumergir mi mirada en sus grandes ojos azules desconcertados.

—No siempre tan sabio.

Mi teléfono elige ese momento para sonar. Refunfuño interiormente. Es Arthur.

Masculla y lo imagino refugiado en la trastienda. Su voz suena entrecortada. «Debe de haberle dado un ataque de pánico», pienso, y trato de mantener la calma. Me parece estar viendo su cara cuando, esta misma mañana, le he pedido que me acompañara a mi despacho, en el altillo: cualquiera habría dicho que iba a degollarlo. Le he leído el pensamiento como si su mente fuera un libro abierto, y me he esforzado por ocultar mi diversión para que no se sintiera, sin ninguna razón, ofendido. Este joven me recuerda un poco a mí mismo de adolescente: orgulloso y torpe, audaz e incómodo consigo mismo, inquieto y sensible... Una vez en mi despacho-taller, señalé la pila de cajas a la espera de ser desembaladas. «¡Ah, no es poca cosa!», exclamó, un tanto desanimado ante la magnitud de la tarea.

Después se puso manos a la obra sin rechistar, con eficiencia, lo que confirmó mi presentimiento: aquel muchacho tenía un buen fondo. Al cabo de una hora terminó la tarea, tenía la frente sudorosa y las facciones distendidas por la satisfacción que produce el esfuerzo coronado con buenos resultados. Le di las gracias tendiéndole un billete de diez euros. Reprimí otra sonrisa ante su incredulidad. «Un trabajo bien hecho merece una recompensa», me limité a decir. «¡Pero le he robado!», me respondió. Permanecí impasible. «Lo único que yo veo es un chico que ha trabajado bien. ¡Toma, cógelo!». Acabó cogiendo el billete, con una expresión de júbilo que me conmovió. De ahí surgió una idea un poco descabellada: ¿y si lo dejara a cargo de la tienda mientras hacía la entrevista? Esa solución evitaría que tuviese que cerrar durante dos horas, cosa que, en pleno lanzamiento, no es muy conveniente. Al principio rechazó la propuesta. «¡No sabré hacerlo! ¿Y si alguien quiere comprar algo?». Yo lo tranquilicé: «Seguro que lo haces estupendamente, y en caso de duda, me llamas». Mi súbita confianza lo desconcertó. «¿Me deja a cargo de su tienda sin más ni más, después de lo que le he hecho?». Zanjé el tira y afloja: «Te pago quince euros la hora, ¿te parece bien?». Su sonrisa me dio su confirmación.

—Perdone —le digo en un murmullo a Audrey—, es cuestión de un par de minutos.

Me alejo unos pasos para hablar tranquilamente con Arthur, cuyo flujo verbal se ha acelerado por efecto del estrés.

—Ha venido un señor… No para de hacer preguntas… Quiere que le explique todos los objetos uno por uno, cómo funcionan… ¡Pero yo no tengo ni idea! ¡No debería haberme dejado a cargo de la tienda!

Lo calmo y le aseguro que confío en su instinto para encontrar los argumentos adecuados, y que, en cualquier caso, no es tan grave. Él masculla un «Gracias» que suena como un «¡Váyase al infierno!». Me encanta ver cómo la juventud crece al asumir responsabilidades. Al cabo de cinco minutos, mi joven Padawan vuelve a llamar, de nuevo presa del pánico. En medio de sus explicaciones entrecortadas, logro entender que me pide el precio de uno de los objetos. Se lo digo, pero pienso que ha llegado el momento de volver. Mi intención era reforzar su autoestima, no ponerlo en dificultades.

—Me temo que debo irme, querida Audrey.

—¡Ah, vaya! —exclama ella, vagamente decepcionada.

—Una urgencia.

Del bolsillo interior de mi chaqueta azul saco una tarjeta de visita metálica y se la tiendo. Ella le da la vuelta con sus gráciles dedos y repara en su originalidad.

—Si necesita hacerme alguna pregunta más para completar el artículo, no tenga ningún reparo en llamarme.

Por el cuidado con que guarda la placa de acero inoxidable en su bolso, no me queda duda de que lo hará.

Escena 8

Sentada detrás de su órgano de perfumista, Giulia permanece un instante indecisa. El mueble semicircular lacado en blanco, tan familiar para ella, expone en tres niveles los frascos esenciales de las materias primas necesarias para crear los aromas. El comunicado del cliente se arrastra ante sus ojos desde hace un rato pero ella no consigue concentrarse. Para ese nuevo desodorante le piden que trabaje la tenacidad de la fragancia. ¡Adiós a los aromas volátiles, delicados y ligeros! Tendrá que resignarse a una fórmula que mantenga la distancia. En los últimos años, esta apuesta se ha convertido en objeto de una competencia incesante. Partiendo de las doce horas de frescor iniciales, hubo que trabajar meses para garantizar veinticuatro horas de eficacia. Pero ahora intentan hacerle prometer lo imposible: ¡setenta y dos horas! El cliente, cegado por retos comerciales colosales, no concibe que lo que ganaría en eficacia higiénica, lo perdería irremediablemente en sensibilidad aromática, y se dirigiría hacia lo que Giulia considera una forma de tosquedad olfativa. Esa falta de discernimiento la saca de quicio. Menos mal que Nathalie, su fiel colaboradora, es el enlace con la oficina de París, que siempre se pone del lado del cliente. Giulia no habría tenido la misma calma que ella en las negociaciones, seguro.

Reflexiona sobre el ritmo de evaporación de las diferentes esencias de que dispone. Como siempre que inicia la elaboración de un nuevo perfume, aborda la creación con la imprescindible, y omnipresente, pirámide olfativa. ¿Cómo interpretar en notas y materias primas olfativas las ideas, las palabras, los colores, los sonidos y los sentimientos relacionados con el sujeto?

Giulia se sondea interiormente, lee por enésima vez el comunicado y se pregunta: «¿Qué siento?».

Cierra los ojos para sentir mejor. «Nada. Nada no es una opción», se dice.

Como un destello, la escena de la noche anterior con su hijo aparece en su mente. Se siente mal por haberse enfadado tanto. Así no se arreglarán las cosas. La reconcomen los remordimientos porque teme estar mezclando las cosas: ¿no carga a Arthur también con el peso de su propio malestar? ¿Malestar por que su trabajo ya no la hace vibrar, por el vacío sideral de su vida sentimental, por su zozobra de madre convencida de que no desempeña bien su papel?

El estómago se le contrae de nuevo. El tiempo pasa. Urge despertar.

«Cuando uno se bloquea, hay que volver a las bases».

«Un perfume es ante todo una arquitectura», recita Giulia como una letanía. Visualiza interiormente la pirámide. Nota de cabeza arriba de todo, nota de corazón en medio, nota de fondo en la base…

Giulia empieza por la nota de fondo. Es la norma. Su

mano toca levemente los frascos y el instinto toma los mandos para guiar su elección entre los aromas pesados y tenaces del órgano, capaces de dar la profundidad y la estela persistente requeridas para este encargo.

«¿Y si probara musgo de roble, almizcle y haba tonka para empezar?».

«No censurarse: una norma fundamental en materia de creación artística. ¡Empezar por criticarse es ideicida!». Oye el tintineo de un mensaje entrante en su teléfono. Un mensaje de Arthur:

Ya esta. Devuelto el bicho. Todo ha ido bn.

Giulia intenta ignorar la urticaria ortográfica que irremediablemente le da cada vez que lee los mensajes de su hijo, para concentrarse en lo esencial: ha hecho lo que ella esperaba que hiciera y ha reparado su estupidez. Por fin siente un poco de alivio.

Muy bien, cariño. Me alegro mucho.

Giulia tarda unos segundos en elegir el emoticono adecuado. Si es demasiado afectivo, a Arthur no le gustará. Aun así, en ese momento se muere de ganas de enviarle el de la carita amarilla mandando besitos en forma de corazones rojos. Pero no. Arthur es un adolescente. Preferirá algo más lúdico… Giulia se inclina por el emoji locatis que saca la lengua haciendo una mueca graciosa, acompañado del emoji de expresión severa con monóculo. El contraste entre los dos es divertido, además es una broma particular entre Arthur y ella: en los momentos de distensión, muchas veces Arthur se dirige a Giulia llamándola «jefa» en tono de cachondeo. Ella es consciente de que, de vez en cuando, la asaltan irreprimibles accesos de autoritarismo, en violento contraste con su carácter, habitualmente apacible y cordial.

Recibe otro mensaje de Arthur y corrige mentalmente las faltas.

¿A k no sabes k? ¡Hasta he ganado pasta!

Eso es demasiado bonito. La inquietud invade de nuevo a Giulia.

¿Qué has hecho?
Currar. ¡Y me he sacado 60 pavos!
Increíble. Luego me lo cuentas.

Con el deseo de enterrar definitivamente el hacha de guerra, le hace una propuesta atractiva:

¿Hamburguesa en casa esta noche?
Brutal. ¡Supermamá!

Giulia esboza la primera sonrisa del día. Necesita esa tregua. Es vital.

De pronto deja de sentir el peso que le oprimía el pecho. El aire empieza a circular de nuevo. Casi se vuelve respirable en aquella salita sin ventanas que, día tras día, la hace cada vez más claustrofóbica.

Podrá trabajar la nota de corazón. Le habría gustado añadir un suplemento de alma a su creación, pero, una vez más, nada de sorpresas. Tenía que elegir entre los aromas florales, no se admitiría ninguna desviación, ninguna fantasía. El posicionamiento del grupo está claro, y la cautela de su estrategia comercial la encadena a una familia olfativa reduccionista cuyos buqués florales acaban dando náuseas.

Sin embargo, esa mañana el dedo de Giulia, irrefrenablemente atraído, se detiene en el lado de los aldehídos. ¿Se atreverá a probar esa nota animal metálica inédita? Con un brillo jubiloso y descarado en los ojos, coge el frasquito subversivo.

Escena 9

Después del intercambio de mensajes con su madre, Arthur lanza el teléfono y el aparato rebota sobre su cama. No siente la necesidad de tenerlo cerca, cosa que no le ha pasado desde hace mucho tiempo. En ese momento tiene algo mejor que hacer con las manos.

Se apodera del X-Acto y empieza a manipular la cuchilla afilada con una asombrosa destreza para terminar de vaciar la plantilla, su última creación. Completamente absorto en la tarea, tarda un poco en tomar conciencia de la grata exaltación que se apodera de él, surgida de las brasas de una motivación nueva, inopinada, inesperada... En ese momento experimenta un placer real, un goce profundo a cuyos bordes en pocas ocasiones ha podido acercarse a lo largo de los últimos años. Curiosamente, se siente dominado por unas ganas de hacer bien las cosas que en su vida de estudiante, tan frustrante y decepcionante, nunca ha tenido.

Estar decepcionado a los dieciséis años debería ser antinómico. Y sin embargo...

Piensa en el otro fenómeno, el tipo del bazar, el excéntrico de turno. Un tipo raro, pero en absoluto idiota. Quizá incluso legal, porque *cool* sí que es. Sí. *Supercool*.

Durante un rato la inseguridad dominó a Arthur cuando el hombre lo dejó solo en la tienda después de haberle dado unas pocas explicaciones sobre los principales objetos y su filosofía.

Al principio sintió vértigo, allí plantado, en medio de aquellos objetos tan extravagantes, responsable de algo importante por primera vez en su vida. Luego notó una corriente extraña en sus venas, mejor que un chute de adrenalina. Algo emparentado con el orgullo, con el reconocimiento...

Primero atendió a dos o tres clientes fáciles —de esos que no hacen preguntas, se deciden enseguida y pagan con el dinero justo—, y luego entró un hombre completamente vestido de negro. Quiso inspeccionar toda la tienda. Cara seria, entrecejo fruncido por la concentración, manos a la espalda como un suboficial pasando revista a la tropa; se tomaba la búsqueda tan en serio que parecía un enviado del gobierno en cumplimiento de una misión importante. Al principio, Arthur se mostró titubeante. En su descargo hay que decir que el individuo no hacía nada para facilitarle la tarea y parecía complacerse en impresionar al novato que tenía delante. Arthur, presa de un ataque de pánico, desapareció para telefonear a Basile, que le exasperó y le estimuló a partes iguales. ¡Ah!, ¿de modo que confiaba ciegamente en él? ¡Pues, mira por dónde, no lo decepcionaría! Aquello despertó en Arthur sus ansias de plantar cara. ¿Que no conocía muy bien los objetos? Bueno, ¿y qué? ¡Se iba a enterar ese plasta! ¡Con los ojos a cuadros iba a dejarlo! Lo primero era hacerle hablar. Si un cliente empieza a abrirse, es que ya lo tienes bien encaminado.

—¿Es para un regalo?

—Mmm… Sí, lo es —admitió el hombre de negro.

Arthur ya tenía una pista.

—¿Para una mujer quizá?

El hombre de negro lo miró sin decidirse a contestar y al final asintió con la cabeza.

«Una amante, seguro», pensó Arthur.

Al hombre no le gustaba nada de lo que le enseñaba. Incluso empezaba a soliviantarse. Arthur estaba a punto de darse por vencido. De pronto tuvo algo así como una iluminación y se acordó de uno de los objetos que aún no estaban expuestos en la tienda, lo había visto en el almacén, entre los que acababan de llegar.

—Ah, creo que tengo algo que va a gustarle… Pero se trata de un objeto que no ponemos a la venta junto a los demás… Lo reservamos para pedidos excepcionales, para algunos clientes escogidos…

El hombre de negro arqueó las cejas en señal de curiosidad. Un destello de esperanza atravesó la mirada de Arthur, que se dirigió al almacén y volvió exhibiendo con orgullo su hallazgo. Una larga varilla rematada por una flor de cristal con rostro humanoide.

—Es bonito —dijo el desconocido—, pero no busco un objeto decorativo.

—Esto no tiene nada de decorativo. Ya verá…

Arthur improvisó una presentación, dosificando los golpes de efecto. Puso la flor en una especie de macetero y encendió el sistema. El hombre de negro se inclinó para observar mejor los detalles. Cuando la flor se abrió y le sonrió, casi se cae de culo. Al inclinarse de nuevo, la flor hizo lo mismo, en un movimiento mimético. Él le sonrió y ella le devolvió la sonrisa.

—¿Qué es esto tan raro? —preguntó atónito.

—Hummm…, es una flor de compañía.

—¿Una qué?

—Una flor de compañía. Tiene unas capacidades increíbles. ¡Puede comprender sus emociones!

—¿Cómo?

Arthur intentó recordar a toda prisa las palabras de Basile, que le había descrito el artículo cuando desembalaban las cajas en el almacén. ¿Qué había dicho acerca del sistema de inteligencia artificial integrado? «¡Vamos, Arthur, piensa!».

—Sí, verá…, gracias a un sistema de… de… reconocimiento facial y lectura de iris, es capaz de empatizar con usted.

El hombre de negro se rascó la parte posterior de la cabeza, su mente racional estaba a todas luces desconcertada. El propio Arthur alucinó al ver que el rostro de la flor se transformaba para adoptar la misma expresión de asombro que su cliente. Cuando este retrocedió, para su estupor, la flor dijo:

—¡No se vaya!

Arthur reprimió una sonrisa triunfal al ver que el hombre se inclinaba de nuevo hacia la flor para dirigirse a ella.

—Ah, o sea que también hablas.

La flor, graciosa, asintió con la cabeza.

—¿Le parezco bonita?

El tipo bajó por fin la guardia y se le cayó la máscara. Arthur podía leer ahora en su rostro la fascinación y la sorpresa infantil. Cuando respondió «Sí», las mejillas de cristal de la flor se tiñeron de rosa; el efecto era maravilloso.

—Me la quedo —declaró el hombre de negro, cuyo humor también había cambiado de color—. ¿Cuánto vale?

Arthur sintió que le daba un vuelco el corazón de excitación y de pánico: ¿cuánto valía la dichosa flor? ¡No tenía la menor idea!

—¡Se lo digo ahora mismo! Deme un minuto, enseguida vuelvo…

Por suerte, consiguió comunicarse con Basile para obtener esa información crucial. A continuación, envolvió con todo el cuidado de que era capaz el precioso objeto; no era un hacha del empaquetado, desde luego, pero salió bastante airoso de la prueba. El hombre de negro se marchó por fin, infinitamente menos sombrío que cuando había entrado.

Arthur, atareado en medio del desorden de su habitación, que utiliza como taller, rememora la satisfacción que sintió, una sensación que le da alas de nuevo para proseguir su trabajo. Pega la nueva plantilla sobre un fondo negro. Luego, con mirada orgullosa, la desliza en una funda de plástico transparente. Repasa una a una todas sus creaciones en busca del mejor lugar en el *pressbook*, para ver si la presentación tiene sentido. Está contento y a la vez un poco inquieto; por extraño que pueda parecer, no quiere decepcionar a la Cebra.

Cuando Basile regresó a la tienda, Arthur saboreó los cumplidos que le dirigió. No todos los días lo felicitaban.

—¡Tienes verdaderas dotes comerciales, vaya que sí! —dijo Basile—. ¿No te gustaría trabajar en la tienda y así ganarías algo de dinero? Unas horas los sábados, por ejemplo.

—¿En negro?

—No, mejor con un contrato de trabajo.

—No sé. Tendría que hablarlo con mi madre.

Y después Basile, como quien no quiere la cosa, lo sorprendió diciendo:

—Oye, ¿no serás tú ARTh'?

Le había descubierto. ¿Cómo lo había adivinado? ¿Quizá las manchas de pintura en el abrigo y las manos le habían dado la pista? ¿O los comentarios que había hecho en sus breves conversaciones al mencionar su pasión por el arte? En fin, daba igual. Unos indicios habían bastado...

—No está mal —le dijo Basile—. Aunque podrías mejorar un poco tu técnica. No es normal que se corra la tinta.

¡Había observado con atención sus grafitis!

—En cuanto te vi por primera vez en El bazar de la cebra con lunares, cuando te fuiste con una de mis Spider-Trick en el bolsillo, todo lleno de manchas y de furia, até cabos y supe que eras tú el artista grafitero que pone de los nervios a algunos miembros del ayuntamiento.

Basile le ofreció incluso un refresco. Tenía un frigorífico en miniatura de superdiseño en su despacho-taller.

Arthur salió de El bazar de la cebra con lunares con sesenta euros en el bolsillo y toneladas de orgullo. Basile le había arrancado la promesa de que le mostraría sus trabajos de grafismo. ¿Un adulto interesándose por lo que él hacía? Toda una novedad.

Giulia entra en su habitación y le propone que vaya a cenar. «¡Más tarde!», responde él sin ni siquiera levantar la cabeza. Quiere trabajar duro. No quisiera decepcionar a la Cebra.

Escena 10

Los taconcitos cuadrados de Louise Morteuil resuenan contra las baldosas de mármol del ayuntamiento. Louise mira de arriba abajo el busto de la joven con gorro frigio, símbolo de la República francesa, y le parece que hay días en que esta última deja mucho que desear. Acaba de salir del despacho del alcalde y siente cierta exasperación frente a lo que considera una forma de inmovilismo. El alcalde ha escuchado distraídamente su perorata sobre la proliferación de actos vandálicos en la ciudad, en especial los grafitis de ese tal ARTh', que la emprende descaradamente con las caras de los candidatos en los carteles de las elecciones municipales, y se ha limitado a decir:

—Se lo comentaré al departamento de policía responsable de esa área...

Louise experimentó en ese momento el cabreo que sienten los militantes cuando no se les presta una atención digna de sus loables intenciones. Incapaz de frenar su impulso reivindicativo, ella se había empeñado en alertar también al señor alcalde de la falta de discernimiento en lo referente a los traspasos de los locales comerciales de la ciudad.

—Louise, usted sabe perfectamente que no tengo poderes para conceder o denegar el permiso para la apertura de una tienda, siempre y cuando el comercio en cuestión no represente un peligro para la seguridad de nuestros conciudadanos.

Ella se sabía al dedillo la jurisprudencia, pero le sublevaba la falta de imaginación del alcalde al que ella votó.

—Podría haber medios indirectos. Nada le impediría influir en la antigua gerente de la parafarmacia para convencerla de que traspasara el local a un comercio más útil para la colectividad que ese bazar de la cebra con lunares, que, dicho sea entre nosotros, no vende más que bobadas.

El alcalde levantó por fin los ojos de los papeles para lanzarle la mirada crispada de quien no tiene ganas de que le cuenten cómo debe hacer su trabajo. Louise se puso tensa, pero su sentido de la diplomacia acabó imponiéndose. Sabía reconocer las señales que le decían que frenase su ímpetu. De todas formas, raramente traspasaba los límites. Así pues, puso una fina capa de terciopelo sobre el timbre de acero de su voz.

—Bueno, era una simple sugerencia, señor alcalde.

—No me cabe ninguna duda, Louise. Y usted hace cosas excelentes, a menudo.

Louise baja ahora la gran escalera azul con barandilla de hierro forjado decorada con toques dorados. Se traga su decepción por la indiferencia con que el alcalde ha recibido sus observaciones, aunque, desde que se codea con los cargos electos, se ha ido acostumbrando a ello. Por suerte, cuenta con sus propias armas para actuar: ha puesto en marcha estrategias más directas a través de su asociación, Ciudadanísimo, que desarrolla clandestinamente una forma de «*underground* político», como ella se complace en decir no sin cierto orgullo.

Entra en la redacción del periódico local, *La Dépêche du Mont*, como si fuera un vendaval. Es miércoles, día de cierre de la publicación bimensual, y la maqueta ya ha recibido el visto bueno, pero ella aún no ha podido leer todos los textos. Audrey, encargada junto con otros dos periodistas de los artículos de fondo, ha vuelto a retrasarse en la entrega del suyo, dedicado a uno de los comercios de la ciudad a fin de destacar el dinamismo económico del municipio.

—Audrey, ¿tiene listo el artículo para la doble página número ocho?

—Sí, se lo acabo de imprimir.

La joven, todavía en periodo de prueba, por lo visto aún no entendía que el puesto ya era suyo.

Louise entra en el cubo acristalado que le sirve de despacho —es la única que no comparte el espacio diáfano— y se acerca a las hojas que descansan sobre el teclado de su ordenador. Recorre el texto en diagonal. Lectura rápida, imprescindible en ese oficio. En cuanto lee el título, se da cuenta de que es una bomba de relojería: ¡el artículo le explota en las manos a dos horas del cierre! ¿Una doble página sobre El bazar de la cebra con lunares? ¡Ridículo! La sangre se le retira del rostro.

—¿Se encuentra bien, señora Morteuil? —pregunta, preocupada, la que todavía no sabe que está a punto de pasar un mal rato—. Se ha quedado muy pálida.

Louise le hace una seña a la joven para indicarle que entre en el despacho acristalado y le ordena que cierre la puerta. Que los demás miembros del personal no oigan las críticas dirigidas a sus colegas: ese es uno de sus principios como directora del periódico. Intuye que los compañeros no se perderán ni un detalle de la escena, que le leerán los labios a través de los cristales, como subtítulos de una película muda. Por el semblante demudado de la nueva, sabrán que esta ha entregado un trabajo inaceptable.

Pero la novata no tiene intención de dejarse achantar y empieza justificando con vehemencia su trabajo. Los rizos rubios de la chica se agitan sobre sus hombros bien torneados, y los ojos azules lanzan destellos de indignación. Convencida de que ha realizado un trabajo de calidad que merece ser publicado, expone argumentos que irritan a Louise. «Transmitir una imagen de modernidad, animar a los creadores y los emprendedores que tienen proyectos audaces, abordar un tema distinto que reactivaría el interés de los lectores de *La Dépêche du Mont*...».

«Su periódico, su ciudad —piensa Louise, exasperada—. Hay que ponerla en su sitio inmediatamente».

—No la estábamos esperando para que desarrollase temas originales, Audrey.

Louise adopta un tono cortante. ¿No es acaso su función como superior jerárquico hacer que esa principiante comprenda los retos subyacentes del oficio y aclararle las ideas sobre lo que es pertinente y de buen tono publicar en un periódico municipal?

Una vez que ha cumplido con su deber y le ha dado a la chica la lección que correspondía, Louise tacha prácticamente todo el artículo con un rotulador rojo.

—No hay más que hablar: dispone de un pequeño recuadro a un lado para su bazar, ¡y le doy dos horas para presentarme un artículo sobre un actor económico local más determinante!

—Pero... ¡no me va a dar tiempo!

Haciendo oídos sordos a sus protestas, Louise la despide con un gesto. Las «presiones» forman parte del oficio; los reajustes en el último minuto, también. Es importante que la joven generación comprenda las reglas del juego: trabajo, disciplina, respeto a la jerarquía.

¡Esa propensión a sentirse libres de dar su opinión sobre todo y a rebelarse acaba siendo realmente insoportable!

Satisfecha de ese reajuste exprés que marca su autoridad, Louise Morteuil hace desfilar al resto del equipo por su despacho y, con un placer no fingido, da, o se niega a dar, el visto bueno a las diversas propuestas.

Escena 11

«Prueba la sofrología», le había recomendado Nathalie, su compañera. Incluso le había dado la tarjeta de su especialista: «Una mujer estupenda. Muy receptiva».

Giulia recordaba la mirada láser de Nathalie, con un don especial para escanear las tensiones y los estados de fatiga. En realidad, la recomendación no era sino una orden. Con medias palabras, Giulia se había sincerado sobre sus dudas, su frustración profesional, las preocupaciones respecto a su hijo y su vida sentimental desértica. Ya era de todo punto imposible ocultar su abatimiento, y mucho menos a alguien como Nathalie, que la conocía desde hacía muchos años.

Al llegar al número 29 de la calle Émile-Pouget, Giulia descubre una puerta vieja pintada de azul y llena de encanto, con una aldaba auténtica, de hierro forjado. Por encima corre una bonita hiedra, cuyo verde vivo destaca, atrevido, sobre la pared de piedras blancas.

Un ligero aire italiano. «Quizá el inicio del viaje», piensa sonriendo. Atraviesa la sombría entrada antes de desembocar en el patio trasero, luminoso y lleno de vegetación. «La primera puerta, al fondo», le había dicho la sofróloga. Giulia entra en la microscópica sala de espera, se sienta, mira la hora, sabe que ha llegado un poco pronto —el deseo de cambio se ha impuesto con tal fuerza que se ha convertido en urgencia— y distrae su impaciencia mirando los libros dispuestos en la biblioteca. *Caldo de pollo para el alma*. Original. Se trata de recetas beneficiosas para la mente. Lo hojea con ánimo de pasar el rato. Ah, mira, una cita de Gandhi:

> Lo que importa es la acción, no el fruto de la acción. Debéis hacer lo correcto. Quizá no está en vuestra mano que dé frutos, quizá no es el momento. Sin embargo, eso no significa que debáis dejar de hacer lo correcto. Quizá nunca sepáis cuál es el resultado de vuestro acto, pero, si no hacéis nada, no habrá ningún resultado.

«Ponerse en marcha»… Eso sí que es acertado. ¡Pero el destino se ve tan borroso! ¿Cómo no desanimarse cuando una deambula entre semejante bruma? Giulia, molesta, pasa la página y sus ojos se detienen en otra cita:

> La felicidad no depende de un conjunto de circunstancias, sino de un conjunto de comportamientos.

Se revuelve en la silla. Aunque, en realidad, el que ha empezado a rodar es su cerebro. Giulia intuye confusamente que la clave de sus problemas no reside tanto en unos cambios exteriores y contextuales como en unos ajustes de su propia postura, de su manera de llevar las cosas… Otra cita, en esta ocasión de un venerable maestro de la meditación, Ajahn Chah:

Toda verdadera transformación irá precedida de un gran momento de incomodidad. Esa es la señal de que vais por el buen camino.

Giulia carraspea. Esos pensamientos avivan su malestar. No sabe hacia dónde dirigir su vida para que siga otro camino...

Ya le toca: aparece una mujer bajita, de apenas un metro cincuenta y cinco, vestida de arriba abajo en colores pastel y con las uñas pintadas de un azul lago. Giulia sigue al elfo rubio hasta la consulta y se deshace del bolso y la chaqueta; en ese momento, ya no está tan segura de querer contarle sus dificultades a esa desconocida. Sin embargo, la mirada penetrante clavada en ella no le deja escapatoria.

Así que Giulia regurgita todas las preocupaciones condensadas en su mente desde hace semanas. La especialista la escucha sin pestañear y sin que su sonrisa indefinida la abandone ni un instante. «Una sonrisa *sfumata*», piensa la italiana que hay en ella: una sonrisa de contornos difuminados. Imposible adivinar lo que la sofróloga piensa realmente de su caso.

La chica con aspecto de muñeca la invita a tumbarse en el cómodo sillón reclinable que ocupa el centro de la habitación. En cuanto se instala, Giulia siente unas irreprimibles ganas de descansar. Cierra los ojos, y la especialista la anima a respirar hondo un par de veces. Giulia se relaja: para ser una principiante en ese escenario sofrológico, está haciendo bastante bien su papel. La especialista también se toma muy en serio el suyo, y su voz se vuelve más acariciadora aún. Le pide que visualice una gran luz blanca.

—Vea cómo la envuelve ese halo, cómo la reconforta. Visualícelo ahora entrando en su cuerpo para propagar por él toda su acción benefactora…

Giulia se agarrota de nuevo. Frunce el entrecejo para concentrarse. Desea complacer a esa facultativa tan implicada, pero le cuesta visualizar la dichosa luz blanca, y en su cuerpo no entra nada que la calme… Su vocecita interior empieza a decirle que ese tipo de prácticas no se le da nada bien.

—Relájese —le aconseja tranquilamente la sofróloga al percibir su agitación—. Ahora vamos a buscar una visualización positiva. Ya verá como después se siente completamente relajada… Voy a pedirle que recuerde un momento agradable, en el que se haya sentido en un estado de calma, de relajación absoluta, a orillas del mar quizá, o ante un paisaje bonito…

Giulia se concentra para intentar acordarse de uno de esos momentos. Seguro que los hay a toneladas en su vida. Busca y rebusca, pero lo que sube al umbral de su conciencia es desoladoramente lejano.

—¿Tiene el recuerdo, Giulia?

—Mmm… Sí… Estoy a orillas del mar… En una cala —improvisa.

—Perfecto. Entonces, haga más presente aún en su mente ese mar apacible, ese pequeño rincón paradisiaco escondido en una cala salvaje, ese paisaje mágico, ¿lo ve?

—¡Sí! —miente Giulia, que solo consigue recuperar mentalmente un revoltijo de retazos de paisaje.

—Perfecto. Mantenga un rato el contacto con esa cala sublime.

La elfo-sofróloga le pide que describa con la mayor precisión posible todos los detalles de la escena en términos sensoriales: lo que ve, lo que respira, lo que siente. Giulia rebusca entre tenues reminiscencias desdibujadas y se inventa el resto. La especialista toma como base sus palabras para proseguir la visualización guiada.

—Ahí, tumbada sobre la esterilla, está totalmente relajada y atenta a todas sus sensaciones: el contacto con las piedrecitas a través de la paja, el suave chapaleteo del agua, los diferentes olores, mezcla de espuma de mar y de pino… ¿Sí, Giulia?

Las manos de Giulia se contraen levemente sobre el sillón. Aunque el escenario es agradable, algo le impide situar el decorado… Lamentándolo mucho, en ese viaje sensorial se ha quedado en tierra. No se atreve a decir que tiene dificultades para visualizar, que le cuesta percibir las sensaciones. Se siente muy frustrada por no conseguirlo y tiene la desagradable impresión de que el beneficio de la sesión se le escapa. Se le hace un nudo en la garganta. Es absurdo, pero por un momento le pican los ojos. No está en la cala, no ha estado nunca en la cala, la película se ha proyectado sin ella, la pantalla ha permanecido en blanco. Ya ve que no tendrá más remedio que contarle su fracaso a Nathalie… Una mano se posa sobre su hombro, una sonrisa serena se inclina sobre su desasosiego encubierto.

—La sesión ha terminado, Giulia. ¿Cómo se siente? —pregunta la sofróloga confiada, sin la menor duda sobre la respuesta.

Giulia no tiene valor para desengañarla. Seguramente es una persona complicada. ¿Qué justificación tiene que la sesión, más que serenarla, la haya puesto nerviosa? ¿Por qué no ha logrado «despegar»? ¡Al parecer, todo el mundo lo consigue! Los periódicos están llenos de testimonios de personas felices y más relajadas gracias a la sofrología. ¿Qué ha fallado en ella?

Escena 12

«¡Un Basile feliz vale por dos!». Llego hasta El bazar de la cebra con lunares rebosante de brío y energía ante la idea de la remesa que me espera. Guío a los repartidores y les indico dónde deben dejar las cajas. Qué alegría recibir estas novedades: por fin voy a lanzar mi línea de «objetos para meditar».

Cuando me quedo solo acaricio los preciosos paquetes que materializan dos años de trabajo de concepción, de investigación en inteligencia artificial y de gestiones encaminadas a encontrar la financiación para los prototipos, para llegar por fin a la realización de esta serie de piezas únicas, a medio camino entre obras de arte y creaciones artesanales.

Pese a mi impaciencia por empezar a colocar los objetos, decido prepararme un café antes de desembalarlos, para que se me pase el cansancio por el madrugón. Me siento en una extravagante butaca vintage que compré en una tienda de artículos de segunda mano, como todos los que me han permitido decorar este rincón del bazar para sentirme «como en casa».

La butaca tiene un tamaño generoso, con un respaldo acolchado y tan alto que parece el de un trono, un armazón decorado y unos motivos en panal en rojo y blanco; en contraste, una mesita de cedro de un tono claro invita a la simplicidad, y un taburete tapizado en escay azul con las patas de hierro forjado, una lámpara con pantalla que heredé de mi bisabuela, un espejo-sol con los rayos de mimbre, una caja de galletas recién abierta para ir picando y unas tazas desparejadas junto a un termo siempre lleno completan el conjunto.

Más que en una tienda, ya desde el principio pensé en un lugar donde vivir.

Dejo la taza humeante y comienzo a abrir el correo. Después de algunas facturas de poca cuantía, me centro en un sobre de papel kraft que lleva el sello del ayuntamiento. Creo que sé lo que es. Lo abro apresuradamente y encuentro *La Dépêche du Mont*. Sobre la portada, un pósit rosa chillón firmado por Audrey. «Gracias por la conversación y siento mucho...». ¿«Siento mucho»? Hojeo con rapidez la publicación, vagamente inquieto, en busca de la doble página dedicada a mi bazar. Nada. Miro página a página, despacio, para que no me pase por alto el artículo. En una página doble se elogia el dinamismo económico local gracias a emprendedores con talento: se ve la foto de un apicultor sonriente que ha lanzado una línea de diferentes variedades de miel de rosas, la de otro afortunado que acaba de presentar una marca de hamburguesas veganas y, por último, la de una chica radiante de alegría delante de sus frascos-joya de filtros amorosos. ¿En serio? A cada uno de ellos se les dedica una columna completa en la que se hace un panegírico de su actividad, y a mí solo dos líneas perdidas para anunciar la apertura de El bazar de la cebra con

83

lunares, sin mención alguna al concepto del establecimiento, aparte de este comentario patético: «Objetos originales para niños y mayores». ¡Seguro que eso atrae multitudes a la tienda!

Sumamente decepcionado, me levanto y, yendo de un lado a otro de la tienda, me pregunto qué demonios habrá pasado. Pienso en la buena sintonía con la periodista, en nuestra provechosa conversación, en la materia prima que le facilité. ¿Y todo para esto? Como no lo entiendo, decido aclarar las cosas. Cuando me dispongo a llamarla, suena el teléfono.

Es mi gestor del banco. Con la voz de los días malos, me anuncia un descubierto que no puede perdurar en mi cuenta para profesionales y me insta a quedar con él lo antes posible para hablar del asunto. Yo mascullo unas disculpas sin convicción. Quedamos para el día siguiente.

Mi buen humor de la mañana ya ha bajado diez puntos. Tengo que llamar a Audrey para aclarar ese asunto del artículo fallido. El teléfono suena de nuevo. Número oculto... No sé si contestar. ¿Vendedores, encuestadores, especialistas en teleprospección? ¿El comienzo de un desfile de pelmazos?

Contesto con un «Diga» no muy alentador. Una voz de mujer de timbre profundo se presenta como la madre de un tal Arthur.

—Creo que se equivoca de número.

Me dispongo a colgar, pero ella insiste. Cuando menciona a su hijo Arth', todo encaja. La imagen del adolescente bala perdida me viene a la cabeza. Me tranquilizo. Pese a todo, mi tardanza en reaccionar parece haber enfriado a mi interlocutora, que ahora me habla en un tono seco.

—Me ha dicho que le ha ofrecido trabajo en su tienda, media jornada los sábados. Como supondrá, no puedo permitírselo sin saber algo más sobre usted y sobre la tarea que quiere encomendarle. Quiero saber con quién trata mi hijo... Además, será necesario un contrato de trabajo como Dios manda, ¡sí, un contrato de trabajo como Dios manda! —repite con énfasis.

En otras circunstancias me controlaría y respondería con amabilidad, pero la llamada es inoportuna, y una mamá gallina hecha una furia es lo último que necesito en ese momento.

—Mire, ahora no tengo tiempo. Puede pasarse por la tienda para hacerse una idea, ¿le parece?

Mi pregunta no deja muchas posibilidades de reacción. Es «o lo tomas o lo dejas».

—Muy bien, me pasaré —responde ella en un tono incisivo—. Adiós.

Más cortante, imposible. Observo la pantalla del teléfono con mirada rencorosa: ¿ha decidido ponerme en contacto con todos los antipáticos?

Acabo llamando a Audrey, que se deshace en disculpas y me ruega encarecidamente que deje que me lo cuente. ¿Tomando una copa? «Será más cordial». Se me pasa el enfado. La cordialidad tiene unas virtudes increíbles. Quedamos en que pasará a recogerme esa misma tarde a la hora de cierre. Esa perspectiva pone de pronto una nota alegre en mi jornada y emprendo el desembalaje de la nueva remesa de mejor humor.

Abro la primera caja y extraigo con emoción un objeto precioso: un sarcófago de poliestireno y papel bullkraft. Lo cojo con la ternura con que un padre cogería en brazos a su hijo recién nacido y lo deposito sobre la mesa. Retrocedo unos pasos para admirarlo a la luz. Sublime. Y todavía no lo he encendido. Con mano trémula, efectúo las conexiones y me embarga una gran emoción: tengo ante mis ojos la reproducción fiel de lo que había imaginado. ¡El resultado supera mis expectativas! Me he permitido el lujo de mimar el embalaje, como si fuera un estuche precioso destinado a un objeto único en su especie. Miro con orgullo el nombre impreso de la nueva serie: «Carpe DIYem©». Objeto para meditar. Totalmente personalizable gracias al valor añadido del Do It Yourself. Estoy impaciente por ver el efecto que produce en mis primeros clientes…

Escena 13

Giulia acaba la jornada en el laboratorio, está exhausta. No para de darle vueltas a su fórmula. Nathalie, la evaluadora, la ha puesto en guardia sin rodeos sobre los riesgos que corre introduciendo una nota metálica en la composición del nuevo desodorante femenino: «No colará...». Giulia ha pasado una hora en la sala de descanso con la moral por los suelos, sintiéndose improductiva, desorientada. Pollux, el de mantenimiento informático, le ha hecho compañía un rato hablándole una y otra vez del talento olfativo que tiene. Exagera un poco, pero hoy su manera de preocuparse por ella le ha sentado bien. No abundan las personas que dedican una atención verdadera a los demás.

Giulia está de nuevo en el autobús de vuelta a casa, pero el recorrido tendrá hoy una parada suplementaria: quiere pasarse por El bazar de la cebra con lunares. La conversación telefónica con el propietario de la tienda no le ha causado muy buena impresión. «¿En qué historia se ha metido ahora Arthur?», piensa suspirando y temiéndose lo peor. El runrún del autobús la sumerge en la somnolencia. Decide oponer resistencia y saca su nueva libreta para plasmar por escrito algunas ideas. Pese a su aparente fracaso, la sesión de sofrología ha sido más positiva de lo que ha pensado en un primer momento. Como mínimo ha provocado una especie de clic. Giulia ha tomado conciencia de que ha llegado a un punto de parálisis. Su vida parecía bloqueada, y la impresión de estancamiento la horrorizaba. Veía su existencia como un pequeño charco fangoso e inerte, olvidado por el gran río... Curiosamente, las imágenes negativas acudían a su mente con más facilidad que las positivas.

Giulia se dice que lo más importante es «ponerse en marcha», aunque todavía no sepa adónde va. Marcar el fin de la inercia es ya de por sí un gran paso. «Solo los que buscan tienen alguna posibilidad de encontrar», se repite sin cesar, como para darse fuerzas para avanzar. Porque avanzar entre la bruma no es fácil. Aceptar la idea de lo nebuloso como un mal necesario es incómodo. Giulia recuerda las clases de creatividad de sus años de estudiante, en las que descubrió el concepto de «serendipia»: la capacidad, la aptitud para hacer por casualidad un descubrimiento inesperado y comprender su utilidad. Comenzar una búsqueda, encontrar algo que no era lo que se buscaba inicialmente y extraer de ello un beneficio productivo. Cristóbal Colón descubrió América buscando las Indias, un adhesivo poco eficaz permitió inventar los famosos pósits, la penicilina fue descubierta accidentalmente por Fleming.

Giulia piensa que sería igualmente interesante aplicar ese concepto de serendipia a su proyecto de transformación personal.

Pero ¿qué habría que hacer para convertirse en un serendipista afortunado?

Preparar la mente para las asociaciones de ideas improbables, para las soluciones sorprendentes. Y no solo eso, sino también saber reconocerlas, identificar el potencial, la semilla rara de una pista que merece la pena seguir.

El investigador cultiva la curiosidad y permanece siempre al acecho, en un estado de gran receptividad, con la mente conectada sin interrupción con su asunto, como en segundo plano en el interior de su cabeza.

Con la libreta apoyada en las rodillas, Giulia deja correr la mano sobre el papel: «Mantener la mente abierta a lo improbable. Lo que no se espera. La tercera vía».

Continúa escribiendo de forma automática, y todo lo que abarrota su mente aparece reflejado en el papel. Sigue el hilo de sus pensamientos sin buscar ninguna lógica. Su trabajo de autora de perfumes higiénicos no le satisface. ¿Por qué? Pensándolo bien, se dice que le habría gustado tener un impacto mayor en la vida de las personas. Ayudar a que huelan bien es loable, pero no lo suficiente teniendo en cuenta sus aspiraciones más profundas. ¿Le gustaría, entonces, tratar de evolucionar de otro modo en su universo predilecto? ¿Luchar para acceder a una buena marca dentro de la perfumería de lujo? ¿Elevarse al rango de las perfumistas prestigiosas? Sondea su alma e intenta ver si la idea encuentra eco en ella… Nada. Analiza de nuevo la sesión con la elfo-sofróloga. Intenta comprender su frustración por no haber conseguido realizar el «viaje sensorial y memorístico» y haberse perdido la oportunidad de mejorar su bienestar. ¡Qué lástima! Piensa en los perfumes y en su potente poder. ¿Por qué limitarlos a la función básica de oler bien?

Giulia se halla en ese punto de sus elucubraciones cuando el autobús se detiene en la parada de Ambroise. Concentrada en sus pensamientos, ha estado a punto de pasar de largo y baja precipitadamente, con el abrigo a medio poner, la libreta en una mano, el bolígrafo entre los dientes y el bolso en bandolera abierto. En cuanto a la serenidad, sin comentarios.

Aprovecha los doscientos metros que la separan de la tienda para poner un poco de orden en su atuendo y camina a paso rápido por la calle principal, donde todos los comercios están cerrando. Es un anochecer agradable y Giulia aspira con deleite las partículas primaverales que flotan en el aire.

Cuando llega, se detiene un momento para mirar el escaparate, que le llama la atención: en él destacan tres calaveras, no realistas sino totalmente transfiguradas, no tristes sino curiosamente alegres, que constituyen una decoración poco común. Empuja la puerta y entra en el universo de El bazar de la cebra con lunares. No hay nadie. Se queda tres segundos en suspenso. La atmósfera del lugar la envuelve, la acaricia. Jamás ha visto un sitio como ese. De pronto siente el peso de los prejuicios negativos con los que ha ido. No sabe qué hacer con ellos, porque, de manera instintiva, el lugar le gusta. Su mirada curiosa deambula, revolotea, no sabe dónde posarse para satisfacer sus ansias de explorar. Antes de fijarse en los objetos, a Giulia le impresiona la riqueza de las formas y los colores, la diversidad de las propuestas, la preocupación por el detalle, incluso en ese bonito rincón, acogedor y confortable, donde hay un termo y unas galletitas. ¡Qué sentido de la acogida!

Y, sobre todo, qué contraste con el tono de la conversación telefónica de esa mañana con el propietario.

—¿Hay alguien? —dice.

Se acerca a la mesa donde están expuestas las calaveras que ha visto en el escaparate. La inscripción de la peana llama su atención: «No olvides que estás vivo». Giulia se pregunta si todavía sabe lo que eso, «sentirse vivo», significa. Ella vive, desde luego. Pero es como si su toma de alegría de vivir estuviera desconectada. No consigue «establecer conexión». Deja escapar un suspiro un poco triste y coge el folleto concebido para ayudar a comprender mejor el concepto.

Carpe DIYem.

Las calaveras de la línea Carpe DIYem están directamente inspiradas en la *vanitas* de la Antigüedad, omnipresente en la historia del arte, para recordar a los humanos su humilde condición de mortales. La vocación de esta serie limitada es contraponerse al carácter más bien moralizante y ansiogénico de la *Veritas* de la Antigüedad, y propone reflexionar sobre un *carpe diem* alegre y luminoso para aprender a aprovechar el momento presente y amar la vida en todas sus formas.

DIY, Do It Yourself: usted personaliza íntegramente su objeto para meditar, que se convierte en SU obra de arte con un alto valor simbólico.

La calavera Carpe DIYem es luminiscente, y su superficie está concebida como una vidriera cuya estructura usted puede moldear a voluntad según su inspiración: todas las piezas de cristal de imitación de colores son extraíbles.

Como en el arte del mandala, siga su inspiración a fin de que las formas y los colores desprendan la energía que usted necesita.

«Debe de ser divertido —piensa Giulia—. Pero, francamente, ¿quién tiene tiempo para dedicarlo a este tipo de futilidades?». Le gustaría, no lo niega, pero ¿no hay siempre «cosas más importantes que hacer»? Giulia levanta un momento los ojos del folleto y se pregunta cuándo fue la última vez que se permitió un rato de libertad para dedicarse a una actividad sin utilidad inmediata aparente. Un momento de retorno a uno mismo para dejar que floten las reflexiones, los pensamientos, las sensaciones... Revitalizar la parte poética, artística, sensible... ¿la parte viva?

Ve una pequeña cavidad en la base de la calavera, con una superficie reflectante similar a un sensor. El folleto explica:

Eco del corazón: coloque el dedo índice en el espacio previsto a tal efecto. El sistema capta su ritmo cardiaco y lo difunde en versión estéreo a través del altavoz integrado. La idea es volver a conectarlo a una emoción primaria: ¡estar vivo!

Eso le recuerda un reportaje que vio en Arte... ¿Cómo se llamaba aquel artista...? ¡Ah, sí, Boltanski! Su obra *El corazón* la marcó. Se trataba de una instalación en un pasillo oscuro, al fondo del cual había una simple bombilla colgada, unida al techo por un cable, que se encendía y se apagaba al ritmo de los latidos del corazón que había grabado el artista. «¿La vida solo pende de un hilo?», pensó ella al ver las imágenes. «Vida, muerte, vida, muerte», parecía decir el parpadeo para recordar la fugacidad de la existencia, como una vanidad.

Sin embargo, la obra que tenía ante sus ojos, aunque también estaba inspirada en la *vanitas*, parecía tener una vocación diferente: intentaba unir a las personas a la vida en lugar de invitarlas a que pensaran en su finitud. El enfoque pretendía ser claramente positivo. El desplegable, además, explicaba cómo utilizar el Carpe DIYem para armonizar corazón y mente.

El corazón se comunica directamente con el cerebro. Si calmas el corazón, calmas la mente. ¡Basta respirar para armonizar ambos! 555: inspira 5, espira 5, durante 5 minutos. El ritmo cardiaco disminuye y apacigua de inmediato el sistema nervioso.

Giulia no se resiste al deseo de probar y apoya el índice en el sensor, que se enciende en el acto e irradia una luz roja sobre la yema de su dedo. Sorprendida, da un respingo cuando el altavoz empieza a difundir los latidos de su corazón, pero inmediatamente la fascinación dibuja una sonrisa en sus labios.

—¿Le gusta?

Giulia se vuelve y profiere un grito al encontrarse cara a cara con un ser extraño de ojos enormes, cuya frente despide una luz violenta.

—Perdone, la he asustado.

Cuando se recupera del susto, Giulia comprende que se trata de una lámpara frontal y unas gafas con lentes de aumento. El hombre se las quita con un gesto raudo, lo que le permite descubrir su verdadero rostro. ¡No se esperaba ni esos encantadores hoyuelos ni esos ojos risueños!

—¿Puedo ayudarla?

—No…, bueno, sí. Soy la madre de Arthur.

Mientras establece la conexión con la conversación telefónica bastante seca de la mañana, él se queda un momento en silencio. No obstante, le tiende la mano. Se produce un latigazo.

—Lo siento, es la electricidad estática. Pero siéntese, por favor.

—No, gracias, no voy a quedarme mucho.

—Ah.

—Entonces ¿quiere que mi hijo trabaje para usted los sábados?

—Así es. A raíz del pequeño incidente del que ambos tenemos conocimiento…

Giulia se disculpa de nuevo.

—Es agua pasada. Como le decía, a raíz de ese incidente tuve la oportunidad de verlo en acción, y creo que tiene buenas aptitudes, tanto comerciales como creativas.

—¿Está hablando de mi hijo Arthur?

Basile le dirige una sonrisa indulgente, como si la mujer que tiene delante formara parte de una horda con orejeras incapaz de ver las dotes ocultas en los especímenes humanos raros. Eso le produce a Giulia una contrariedad inesperada. No sabe por qué, pero le irrita que ese hombre pueda formarse semejante idea de ella.

—Sí, claro que hablo de él. El caso es que la necesitamos a usted para poner en marcha el proyecto.

Ella se coloca su máscara de madre protectora.

—¿Ah, sí? ¿Y qué tipo de trabajo tiene pensado encomendarle?

—Al principio, nada complicado: no le oculto que necesito ante todo que me echen una mano cuando llegan las mercancías y hay que colocarlas en la tienda. Pero no se trata solo de eso…

—¿De qué más se trata?

—Arthur tiene un potencial que me interesa. Así que…, con su consentimiento, podría implicarlo más en las actividades del bazar poniéndolo poco a poco en contacto con los clientes. Pero, sobre todo, me gustaría que colaborara en mis investigaciones de inventor, porque intuyo en él un talento creativo y artístico que pide a voces expresarse.

Poco a poco Giulia se tranquiliza, pero aún no ha terminado su interrogatorio.

—¿Y le hará un contrato de trabajo?

—Por supuesto.

Las reticencias de Giulia se desvanecen. El hombre parece sincero.

Por un instante sondea los ojos verde agua de ese personaje un tanto excéntrico. Se sostienen la mirada unos segundos, en silencio. Él no pestañea, la deja hacer, como si supiera lo que la madre de familia preocupada ha ido a buscar: la seguridad de una persona seria y de fiar.

El resultado del examen es positivo. Finalmente se sonríen. Trato hecho.

A Giulia no se le ocurre nada más que añadir. Ya es

hora de que se vaya. Le da las gracias por la oportunidad que le brinda a su hijo. Él la acompaña hasta la puerta. En ese preciso instante irrumpe una chica. Los protagonistas se escrutan. La recién llegada intenta descifrar la situación. Basile, cuya mano se ha posado en la espalda de Giulia, lee la incomprensión en la mirada de la chica. Labios pintados, mirada luminosa, falda corta y tacones. Sin duda, una cita galante. Giulia no quiere seguir molestando y se despide. Al pasar por delante del escaparate, lanza un último vistazo al interior y ve a Basile besando la mano de la jovencita, un gesto anticuado que, sin saber por qué, adquiere de pronto para ella un cariz deliciosamente contemporáneo. Se aleja apretando el paso.

Escena 14

Arthur sale taciturno del instituto. Un asqueroso día más en el recinto escolar. El tutor ha vuelto a abroncarlo delante de todo el mundo, lo ha humillado con palabras hirientes. ¡Y todo porque se le ha olvidado hacer dos ejercicios! El profesor ni siquiera se ha percatado de todos los esfuerzos que ha hecho desde hace una semana para ponerse a trabajar. Siempre la misma historia: nunca es suficiente.

Sin embargo, había empezado la semana rebosante de buenas intenciones, estimulado por su paso por El bazar de la cebra con lunares. Además del orgullo por haber ganado dinero con un trabajo honrado, había tenido ocasión de enseñarle a Basile su *book* de grafitero. Arthur temía ese momento, pues, aunque jamás lo reconocería, era consciente de que bajo su caparazón tenía la piel muy fina y era hipersensible a la crítica.

Arthur apreció que Basile le hiciera sentirse cómodo —parecía comprender instintivamente lo difícil que resulta quedarse al desnudo mostrando las propias creaciones—, sin pasarse ni quedarse corto. A Arthur no le habría gustado que hubiese rezumado amabilidad. No soportaba la idea de que quisieran ayudarlo por compasión a causa de sus fracasos escolares. Quizá fuera una nulidad en los estudios, pero tenía su orgullo. Por fortuna, Basile se había expresado con sobriedad concediéndole al mismo tiempo, como si nada, tiempo y atención. Ahora que lo pensaba, más tiempo del que Arthur recordaba que le hubiera dedicado su padre. El jefe de la Cebra fue muy alentador sobre su potencial artístico. Arthur sintió como si una bocanada de oxígeno le llegara cuando se encontraba a cien metros bajo el agua, o como si una cuerda le permitiera pasar al otro lado de una tapia. Basile también le indicó algunos trucos para mejorar la pintada y evitar los chorretones, y lo incitó a trabajar con el máximo detalle sus conceptos y el núcleo de sus mensajes, para ser lo más contundente posible. Por una vez, había escuchado con ganas a un adulto, y por una vez también, su móvil había permanecido en la mochila durante toda la conversación.

Hoy es otro cantar. El cabreo ha recuperado su espacio. Y el abatimiento también. No conseguirá salir adelante. Los profes van a mantenerle la cabeza bajo el agua, como en las películas policiacas en las que los chavales mueren ahogados, con la cara deformada por el sufrimiento que provoca la asfixia. Sí. Su pasado lo tiene tan atrapado como al protagonista de aquella peli antigua del director estadounidense Brian de Palma. Nadie le dará una oportunidad. La etiqueta está tan adherida a su piel que ha penetrado en la carne.

Con un nudo en la garganta por la sensación de injusticia, Arthur le da una patada a la lata de Coca-Cola que acaba de beberse y que ha tirado despreocupadamente al suelo.

Se pone la capucha de la sudadera gris y cruza la calle hundiendo con rabia las manos en los bolsillos. Cuando llega a casa, su madre no está. Deja tirada la mochila en un rincón del salón y se encierra en su cuarto dando un portazo. Aparta sin miramientos la ropa amontonada en la cama y se tumba boca arriba sobre el colchón. Clava los ojos en el techo y no para de cavilar.

El deseo de transgredir irriga de nuevo sus venas. Es como una pulsión. Aprieta y afloja las manos nerviosamente. Necesita que aquello salga. Impotente frente al sistema, tiene la impresión de que una soga con un nudo corredizo le rodea el cuello. Para recuperar la voz en lo que le parece un callejón sin salida, solo dispone de un medio: el arte callejero.

Movido por un impulso irreprimible, Arthur se levanta de un salto y coge su bolsa de material.

Arth' ya sabe dónde ejecutar su obra. A juzgar por las localizaciones que ha hecho, el callejón del Rucher se presta perfectamente a su nueva plantilla. Y no queda muy lejos de su casa. Llegará allí en un momento.

Es consciente del riesgo de la operación: ni siquiera es aún de noche, pero necesita pasar a la acción ya. En la callejuela encuentra sin ninguna dificultad el emplazamiento en el que ha estado pensando: la brecha abierta en la pared encalada que deja entrever unos ladrillos rojos. La forma de la brecha recuerda al cuerpo de un ratón erguido sobre las patas posteriores y con el hocico levantado hacia el cielo. Arthur solo tiene que añadir a la pintura una larga cola, dos orejitas redondas, la punta del hocico y dos trazos a modo de bigotes. Sabe que esos pocos detalles negros destacarán sobre la pared blanca y serán suficientes para que aparezca el roedor erguido sobre las patas.

Arthur ejecuta rápidamente esta primera etapa. Nervioso, mira sin cesar a su alrededor. Nadie a la vista.

Saca la plantilla. Le encanta la tipografía que ha encontrado y siente auténtico júbilo en el momento de aplicar el estarcido. Está a punto de poner su tag cuando alguien se mete en la calleja. «Mierda».

Arth' se detiene en seco e intenta esconder la plantilla a su espalda. Una señora pasa junto a él. Sus miradas se cruzan brevemente. Ella tira de un perro al que quiere obligar a caminar más deprisa, pero el animal no accede, parece deseoso de trabar amistad con él. ¿Acaso el perrillo es un aficionado al arte callejero? Se le acerca para olfatearlo y da la impresión de que le gusta; es más, salta sobre la rodilla que tiene apoyada en el suelo para obsequiarlo con unas gracias caninas. En su entusiasmo, empuja a Arthur, que cae de culo al tiempo que suelta el espray y la plantilla.

—¡Eh! ¡Mira qué cariñoso! —no puede evitar decirle al animal, acariciándolo.

Su ama, en cambio, parece una sargentona. Su nariz puntiaguda, semejante al hocico del ratón, refuerza su hosquedad. Tira de la correa y arrastra a la fuerza al perro. Arthur siente una pizca de simpatía por ese colega con collar, también prisionero. La mujer-ratón le lanza una mirada reprobatoria, pero él está tan acostumbrado a suscitar reacciones de ese tipo que apenas le presta atención.

No obstante, el estado de alerta se ha activado. No debe entretenerse. En cuanto ella desaparece a la vuelta de la esquina, Arthur coloca de nuevo la plantilla y se pone manos a la obra.

Está contento: la pintura no se ha corrido. Los consejos de Basile han dado sus frutos.

Mete los utensilios en la mochila a toda prisa para largarse cuanto antes y echa un último vistazo a su creación: las palabras lucen con un brillo particular.

«Todos tenemos derecho a hacer nuestro agujero».

Satisfecho de sí mismo, se dispone a doblar la esquina. «¡Salvado!», piensa.

De pronto, una mano lo agarra por el hombro…

Escena 15

Giulia acababa de llegar a casa cuando recibió el mensaje.

Ahora, cada vez que cierra los ojos este se le aparece, como un punto negro, en el recuerdo:

Mamá, ven a buscarme. Estoy en la comisaría.

Ha cogido el bolso con un gesto maquinal, se ha echado el abrigo sobre los hombros y ha recorrido las calles casi corriendo para llegar lo antes posible allí, con la mente presa de la confusión. Por un momento, le ha venido a la cabeza la imagen de una oca a la que le han cortado la cabeza y continúa andando. Debe de ser el efecto de la conmoción. Se pone una mano sobre el corazón. A buen seguro sufre taquicardia. Se pregunta si aún consigue respirar. Sí, no cabe duda, de lo contrario los músculos habrían dejado de responderle, ¿no?

Aun así, algunos pensamientos toman forman. ¿Qué habrá hecho? ¿Le echará una bronca? ¿Le retorcerá el pescuezo? ¿Lo castigará? ¿Lo abofeteará y luego se echará a llorar?

Sus acelerados pasos la conducen rápidamente a la comisaría. Echa un vistazo al edificio de paredes que en su día debieron de ser blancas y también a las ventanas de la planta baja con sus rejas de protección, que anuncian el universo carcelario. No puede evitar sentir un escalofrío.

Un policía monta guardia en la entrada. El uniforme siempre la impresiona. La mirada seria también. Farfulla que va a buscar a su hijo y él la deja pasar.

Se identifica en la recepción. Una agente del orden rubia, con cola de caballo alta, la informa de que su hijo está declarando todavía.

—Siéntese ahí. Vendrán a buscarla cuando acaben para que firme la declaración.

Giulia toma asiento en el banco destinado al público, entre un hombre magullado y una anciana visiblemente conmocionada. Esta última se vuelve hacia ella y posa una mano temblorosa de dedos nudosos en su antebrazo.

—Me han robado el bolso, ¿se lo puede creer? ¡Lo llevaba todo dentro! ¡Todo! —repite desesperada.

En otras circunstancias, Giulia habría demostrado empatía. Pero en esos momentos supera sus fuerzas. Para escabullirse y evitar las confidencias, se levanta y hace como si fuera a beber agua al dispensador.

—¿Señora Moretti?

—Sí.

—Puede entrar.

Giulia siente que el estrés aumenta un grado. El policía —un hombrecillo moreno, de pecho ancho, al que le echa unos cuarenta años— se detiene en la puerta para invitarla a pasar primero. El despacho es minúsculo y en él reina cierto desorden. El armario metálico de persiana, que está entreabierto, deja ver pilas de expedientes acumulados a lo largo de los años. Y allí está, sentado en una silla rudimentaria. Su niño. Tiene la espalda encorvada y la cabeza hundida entre los hombros. Cuando se vuelve, ella encuentra su mirada y se le encoge el corazón. Arthur intenta hacerse el duro, pero ella percibe que no las tiene todas consigo. Sus dedos están manchados de negro. Al parecer, los polis han cargado las tintas hasta el punto de tomarle las huellas dactilares. Sin duda para darle una lección y que se le pasen las ganas de volver a hacerlo. Un visceral impulso materno despierta en ella el instinto de protección de su cachorro. Sacar a su hijo de allí es el único pensamiento que ocupa ahora su mente.

El policía de uniforme termina de teclear en el ordenador sin decir palabra antes de darle a imprimir. Se levanta para ir a buscar las hojas y se las tiende a Giulia.

—Tenga, firme ahí. Su hijo reconoce que ha pintado la pared del callejón del Rucher. Se sospecha, además, que ha hecho más grafitis que han deteriorado otros lugares de la ciudad. Así pues, es presunto culpable de actos de vandalismo continuados.

—Ah, bueno…

El policía le lanza una mirada severa.

«Otra madre irreflexiva que malcría a su chaval y le deja hacer lo que le da la gana».

Ella se yergue para mostrar más aplomo.

—Señora, el vandalismo es un delito que pone en marcha un proceso judicial. De modo que su hijo tendrá que comparecer ante el tribunal de menores.

—¿El tribunal? —A su pesar, Giulia se deja dominar por el pánico.

«¿Qué esperaba?», parece decir la mirada del policía, que continúa sin mostrar miramiento alguno:

—Tirando por lo bajo, a su hijo puede caerle una multa de quinta clase por un mínimo de mil quinientos euros, si el juez considera que el daño es relativamente leve, artículo R.635-1 del código penal, y de hasta treinta mil euros y dos años de prisión si considera que el caso es más grave, según el artículo 322.1 del código penal. Aparte de los TBC.

Giulia siente vértigo.

—¿Los TBC? —balbucea.

—Trabajos en beneficio de la comunidad.

Aquello era el colmo. Se vuelve hacia Arthur, lívida. No puede evitar cogerle la mano y estrechársela.

Firma la declaración maquinalmente.

Madre e hijo salen al aire libre y caminan unos instantes en silencio, aturdidos, con la cara desencajada.

—¿Has comido algo? ¿Tienes hambre?

Pregunta refleja de madre que se preocupa por saber si su pequeño ha ingerido comida, aun cuando el pequeño mide un metro ochenta.

—No.

Arthur responde con voz átona, sin mirarla.

—De todas formas, vamos a tomar algo. Comemos una hamburguesa y me cuentas lo que ha pasado, ¿vale?

Él se deja llevar, su cuerpo, flojo, parece el de un muñeco descoyuntado. Al principio, apenas toca la hamburguesa; luego, el adolescente se impone y la devora en tres bocados. Recupera un poco de color y le cuenta lo sucedido con la misma voz átona, apretando los dientes. Ella lo escucha sin interrumpirlo.

De regreso en casa, Giulia va al cuarto de baño a echarse agua en la cara. El rímel se le corre. Intenta limpiar las manchas negras bajo los ojos, pero se resisten. Se reúne con Arthur en el salón. El chico se ha tumbado boca abajo en el sofá. Ella mira con una mezcla de emoción y lasitud a su niño grande lleno de pelos y de aflicción, y se sienta junto a él. Le acaricia el cabello, su cabello suavísimo, como cuando era pequeño.

—Mamá…

—Chisss…, ya lo sé, ya lo sé…

Ya no la llama «mamá» más que en contadas ocasiones. La mano de Giulia continúa el movimiento tranquilizador sobre la cabeza de Arthur. De pronto, la gran carcasa se resquebraja y ella nota la espalda de su hijo sacudida por el llanto que sofoca contra el sofá.

—Suéltalo…

Suavemente, se estrecha contra él como para amortiguar un poco los espasmos, y permanecen así, acurrucados, un buen rato, hasta que las lágrimas de Arthur se extinguen y, muerto de cansancio, él se duerme. No hay como una madre para quedarse despierta en la oscuridad y cuidar de su hijo, incluso cuando la ha decepcionado.

Escena 16

Sumido en un duermevela, intento abrir los ojos todavía empañados y, lentamente, recuerdo la sucesión de los acontecimientos de la noche anterior. Audrey se estira perezosamente a mi izquierda y se vuelve hacia mí, dejando ver su rostro todavía dormido. Me sonríe a través de los mechones de pelo rubio que le caen por delante de los ojos. Deposito un rápido beso sobre sus labios y libero las piernas de las sábanas revueltas para ir a hacer café. Ella intenta retenerme asiéndome de un brazo; le acaricio suavemente los cabellos y consigo escaparme, aliviado a mi pesar. Desaparezco en la cocina y preparo un arábica muy cargado, que todo mi cuerpo reclama a gritos después de esta corta noche. Audrey no me ha seguido, se lo agradezco en silencio. Necesito este momento de soledad, pues es a esta a quien he elegido como auténtica compañera después de muchos años. Le soy infiel de vez en cuando, pero nunca durante mucho tiempo. En cuanto noto que el asunto podría convertirse en algo más serio, pongo distancia de por medio. Formar un vínculo, encariñarse, comprometerse... ¿para que un día u otro se vaya todo al garete? ¿Experimentar de nuevo el dolor inmenso de perder al ser querido? ¿Ver cómo se aparta de ti? ¿Revivir el sufrimiento y la traición? No, no tendría fuerzas para resistirlo. El rostro de Hiroko irrumpe fugazmente en mi cabeza. Hace tanto tiempo... Doce años.

En aquella época trabajábamos juntos para el mismo instituto en Tokio, el centro donde me formé en las técnicas punteras en inteligencia artificial. Hiroko y yo compartimos proyectos apasionantes y expusimos nuestro trabajo en salones internacionales prestigiosos; nuestros hallazgos de alta tecnología habían hecho correr ríos de tinta en el seno del pequeño círculo de la I. A. El amor había acabado floreciendo de manera natural. Una hermosa eclosión, a semejanza de los cerezos que bordeaban el camino de entrada a la casa que habíamos elegido. De nuestra unión nació una niña a la que llamamos Sakura, en homenaje a los magníficos árboles en flor que habían sido testigos mudos y comprensivos de nuestra historia de amor. Su nacimiento coincidió con la explosión de mis intervenciones en calidad de experto en I. A. Estaba muy solicitado y daba muchísimas conferencias, en ocasiones incluso en el extranjero. La inmensa alegría por verme favorecido por los dioses en todos los terrenos de la vida no me dejó ver que mis ausencias y mi falta de disponibilidad abrían un foso entre mi mujer y yo. Mi amor por ella era tan total, tan profundo, que no se me habría pasado por la cabeza que ella pudiera cuestionarlo. Y sin embargo, había comenzado un largo trabajo de zapa que avanzaba mes tras mes. Una ironía del destino quiso que Hiroko conociera a un norteamericano en una recepción en la embajada de Francia, justo cuando yo daba una conferencia en Nueva York sobre los dispositivos inteligentes de nueva generación.

El flechazo, al parecer, fue inmediato.

Seis meses después, la nueva pareja se instaló en Estados Unidos con mi hija. Sin duda con la finalidad de proteger su nuevo equilibrio familiar y darle estabilidad emocional a Sakura, Hiroko hizo todo lo posible para mantenerme a distancia. El norteamericano debía tener el terreno despejado para encarnar al nuevo padre de la pequeña. Dos figuras masculinas habrían «perturbado» a nuestra niñita de apenas tres años. Al principio intenté imponerme e ir a verla con la máxima frecuencia. Me las arreglaba para que pasáramos buenos ratos juntos. La llevaba a restaurantes, al cine, a parques de atracciones... Me las ingeniaba para hacer todo lo que podía complacerla. ¿Asustó nuestra complicidad a Hiroko y a su nuevo compañero? Fuera como fuese, empezaron a ponerme palos en las ruedas y cada vez más a menudo buscaban pretextos para impedir mis visitas. Sakura se iba a esquiar. Sakura estaba enferma. A Sakura la habían invitado a ir a casa de una amiga... Por supuesto, nunca accedieron a enviarla a Europa. Era demasiado pequeña para hacer un viaje tan largo. Y un día, cuando en una conversación telefónica mi hija me llamó Basile, el mundo se me vino abajo. Le pregunté por qué no me llamaba papá. «Es que él hace muchas cosas por mí, está aquí todos los días... ¡Y le gusta tanto que lo llame papá!». Hizo una pausa antes de asestarme el golpe de gracia: «Basile, yo te quiero mucho, ya lo sabes, pero mi verdadera familia está aquí, mamá y John...». Aquel día se me partió el corazón. Ya nada sería igual. Continué manteniendo la relación con Sakura, aunque de forma muy espaciada. Todos los años por su cumpleaños y por Navidad le enviaba un regalo y una carta. Sin embargo, pese a esos detalles, inexorablemente, nos alejamos el uno del otro. Poco a poco, dejó de decir que quería verme. Acabé por no representar gran cosa para ella, aparte de ser el señor de la otra orilla del Atlántico que ponía triste a su mamá y nervioso a su «papá norteamericano». John e Hiroko habían ganado la partida. Aquella hija perdida era una piedra que habían introducido en el interior de mi corazón, un vacío que seguía ocupando un espacio enorme.

Cuando se me presentó una oportunidad profesional en Francia, decidí instalarme aquí definitivamente. Teniendo en cuenta que el exotismo me había dejado un regusto amargo y que empezaba a sentir la necesidad de recuperar mis raíces, la idea de parar de correr tras lo que ya me parecían quimeras —la fama, el dinero...— fue abriéndose paso. Todos los sacrificios que exigía una carrera de altos vuelos, en definitiva, ¿para qué? Regresar a mi país natal fue como un retorno a los orígenes. Tenía la ocasión de volver a enfocarme como inventor, la primera vocación de mis creaciones. Había perdido a mi familia al perder de vista lo esencial, cegado por el espejismo de un arribismo embriagador para el ego, que agosta el alma. A causa de mis ambiciones, me había visto atrapado en un torbellino que no dejaba ni tiempo ni espacio para los seres queridos. Había subestimado las repercusiones de mi falta crónica de disponibilidad y no vi que esta había firmado con mano fría e implacable la sentencia de muerte de mi historia de amor. Pagué un precio muy alto, pero aprendí la lección.

Soplo sobre el café humeante y ahuyento esos pensamientos que siempre, indefectiblemente, me producen un dolor en el pecho. Mi mirada se desliza hacia la ventana y se pierde en la danza del follaje del árbol que se alza en el exterior. En estos momentos de ensoñación es cuando mi mente inicia una ideación prolífica. Los niños, eso me hace pensar en los niños, y el rostro de mi joven protegido aflora de nuevo. Arthur me conmovió la semana pasada, cuando se presentó en la tienda con la moral por los suelos. Me contó sus líos con la justicia, y yo leí entre líneas su desesperación, no solo por tener que renunciar a lo único que le resulta placentero y gratificante, sino también por haber decepcionado una vez más a su madre al causarle nuevos problemas.

Lo he estado consultando con la almohada durante unos días y esta mañana se ha producido un clic. La añoranza de mi hija me ha hecho pensar en el vacío, y el proceso de Arthur, en la jurisprudencia. La asociación de ideas ha aparecido de golpe: ¡vacío jurídico! Quizá este sea un camino de salvación.

Me lanzo frenéticamente a explorar en internet cuando Audrey irrumpe en la cocina, descalza y con el cuerpo enfundado en mi camiseta, que le llega hasta medio muslo. Se acerca a mi espalda y, acurrucándose, me rodea el cuello con los brazos. La aparto amablemente y la invito a que se sirva café. Finjo que no veo su mohín de contrariedad y me concentro de nuevo en la pantalla. ¡Ahí, ante mis ojos, creo que he encontrado la solución! En cualquier caso, hay que intentarlo. Cojo el teléfono.

—¡Hola, querido intrépiuno!

Arthur no entiende nada de lo que digo por teléfono.

Por suerte, empieza a acostumbrarse a mis pequeñas excentricidades.

—¿Qué es un intrépiuno? —mascula.

—Es un intrépidos único en su género.

Espero a que se encienda la luz en su cabeza. ¡Ya está! Ha entendido que contrapongo «dos» a «uno». Un «intrépiuno» es, por lo tanto, un «intrépidos» singular. Me responde con una sonrisa en la voz.

—¿Y yo soy eso?

Me troncho de risa.

—Yo sé reconocer a un intrépiuno cuando lo veo.

—¿Y en qué nota que yo lo soy?

—En que demuestras intrepidez y tienes personalidad. Lucharás para encontrar tu sitio. Y lo encontrarás, no pese a tus singularidades y tu atipicidad, sino gracias a ellas.

—¡Uau! ¡He hecho bien en levantarme para escuchar esto! ¿Tiene que pedirme algo, que descargue toneladas de cajas, quizá?

Saboreo la complicidad guasona de la conversación.

—No. Tengo dos noticias que darte, una buena y otra mala.

—¿Ah, sí?

—La buena es que creo que tengo la solución para evitar que te pongan el multazo ese con el que te amenazan por vandalismo…

—¿Ah, sí?

—La mala es que vas a estar muy ocupado en la tienda los sábados por la tarde, porque tengo una idea sobre lo que puedes hacer…

—¿Ah, sí?

Sus exclamaciones se multiplican. Me alegro de sorprenderlo. ¡Mientras consigamos asombrar a los jóvenes, hay esperanza!

—Pásate luego por el bazar y te lo cuento todo.

Cuelgo, bastante satisfecho de mí mismo, y me acerco a Audrey para disculparme por mi falta de disponibilidad. Cuando mis disculpas se convierten en caricias, depone las armas.

Escena 17

Louise Morteuil se había prometido ir de incógnito hasta El bazar de la cebra con lunares para husmear. A pesar de que no lo había publicado, conservaba en la memoria el artículo de Audrey sobre ese lugar atípico de concepto extraño. Quería formarse una idea por sí misma. ¿Acaso una de las funciones principales de su asociación, Ciudadanísimo, no era vigilar los comercios y las actividades de la ciudad susceptibles de ejercer una influencia no deseable en los ciudadanos, especialmente en la juventud? Su misión era informar, alertar si era necesario, bien a través del sitio web de Ciudadanísimo o mediante otras acciones sobre el terreno: intervención en los centros educativos, reparto de octavillas, conferencias sobre diversos temas...

Cuando llega hasta El bazar de la cebra con lunares, esboza una mueca al ver la inscripción que destaca sobre la puerta: «Tienda de objetos provocadores». Louise recuerda la idea de «tienda conductista» que mencionaba el artículo. Se espera algo excéntrico; su radar detector de marginales está en marcha.

Sabe de sobra adónde puede llevar la marginalidad. Su padre... Y más tarde su hermano... Una infancia en la más completa incertidumbre artística. Las mayores bobadas a guisa de norma cotidiana. La impresión de no estar sostenida por nada, de haber recibido una educación de contornos laxos le producía auténtico malestar. En aquella época, esa desagradable sensación de inseguridad no la abandonaba. Pensaba en su padre, en lo mucho que lo había detestado por su tipo de vida. Tremendamente simpático para los de fuera, pero ¡qué vergüenza en el momento de presentárselo a los amigos! No podía soportar su pinta desaliñada de artesano-artista sin un céntimo, orgulloso de sus cachivaches, de sus sistemas D y de su bohemia otoñal, muy lejos de sus primeras glorias primaverales, empeñado en proseguir una seudobúsqueda artística que no lo llevaba a ninguna parte, salvo a fines de mes difíciles. Para ella, lo más insufrible era la alegría insultante que compartía con su hermano pequeño, su nauseabunda complicidad en torno a creaciones que elaboraban juntos, todo ello ante la mirada conmovida y culpable de su madre. Poco parecía importarles la gloria y los honores del reconocimiento, se sentían estúpidamente dichosos de expresarse a través de su arte y de consagrar su vida a esa pasión devoradora, les costara lo que les costase. No sabían a dónde iban, pero les gustaba el camino pese a los tumbos que daban. Y ella, tan seria, tan buena estudiante, la única que mantenía un poco los pies en el suelo, se había sentido como una paria en aquella familia de atípicos. Oh, eran amables con ella, desde luego. Una amabilidad llena de aquella conmiseración con la que miramos a alguien que no tiene la misma suerte que nosotros.

Todavía hoy, esa sensación le resulta insoportable. Piensa con emoción en su capacidad de resiliencia, que le ha permitido salir adelante. Y se dice que puede estar orgullosa de haberse realizado. ¿Su único pesar? No haber conseguido que su padre y su hermano cambiaran su punto de vista… Pero, por suerte, gracias a sus funciones en el seno del ayuntamiento y de Ciudadanísimo, podía acudir en ayuda de muchas personas.

Con esta energía de cruzada, Louise entra en la tienda de Basile, con Opus pisándole los talones. Enseguida ve al dueño y, justo detrás de él, a un jovencito de aproximadamente un metro ochenta que la mira a los ojos. Ella tarda tan solo unos segundos en reconocerlo: es el grafitero al que sorprendió en el callejón del Rucher. Se estremece. El adolescente se ha agachado para acariciar al perro, que le corresponde con desmesura, el muy ingrato.

—¡Eh, pero si yo a ti te conozco! ¡Hola, colega!

El adolescente ha reconocido al perro. Gracias a Dios, no puede sospechar…

—¡Basta, Opus! ¡Quieto, túmbate!

—No, déjelo, no me molesta. Si quiere me ocupo de él, así usted podrá recorrer la tienda con tranquilidad.

¿Sonriente y educado? Louise se agarrota. Después de todo, no hizo más que cumplir con su deber de ciudadana cuando llamó a la comisaría para informar del flagrante delito de vandalismo.

El propietario se le acerca.

—Ya estoy con usted. ¿En qué puedo ayudarla?

—En nada, solo he venido a mirar, gracias.

Él la obsequia con su sonrisa de buen comerciante.

—No dude en preguntarme si necesita que le explique el concepto de algún artículo o si quiere probar los objetos.

Dicho esto, vuelve a sus ocupaciones: la instalación de una extraña cabina al fondo de la tienda, absolutamente cubierta de grafitis artísticos. Basile Vega se debate con un cartel pintado a mano, que instala a modo de rótulo junto al armatoste. Louise Morteuil lee: «Tagbox. ¡Tatúe sus accesorios de moda!».

Basile retrocede tres pasos para evaluar el efecto. Su júbilo le recuerda a Louise el que experimentaba su padre; se pone tensa. El hombre se vuelve hacia ella en busca de su complicidad.

—Es una chulada, ¿a que sí?

Recordando que el propósito de su visita es espiar, se traga *in extremis* su desaprobación y asiente con una sonrisa forzada.

—¡Ya lo creo! Y dígame, ¿qué es eso exactamente?

El joven se ha acercado al dueño para escucharlo. Ahora tiene a Opus en brazos, y el teckel, el muy idiota, parece embelesado. ¡Cualquiera diría que se han quedado prendados el uno del otro! Basile Vega le explica a Louise el concepto de la Tagbox.

—Usted viene con uno de sus accesorios o prendas de vestir preferidos, un bolso, una cazadora, una blusa, un neceser…, y lo personaliza con una de las creaciones de Arth’. Así dota a sus cosas de identidad y estas dejan de ser un producto masificado idéntico al del vecino. ¡Diferenciarse! ¡Esa es la idea clave de la Tagbox!

Louise Morteuil interpreta el éxtasis a la perfección. Su entusiasmo empuja al propietario a seguir adelante.

—Mire a este joven: jamás lo habría imaginado, ¿a que no?, pero es un artista con futuro al que hemos estado a punto de perder por el camino.

—¿Ah, sí?

—Como se lo digo. Resulta que, como no había encontrado otro lugar donde expresarse, se dedicaba a pintar grafitis callejeros.

—Ah, caramba…

—Hasta que la policía lo pilló… Lo recogí completamente desesperado, ¿verdad, Arthur? Estaba convencido de que nunca más podría grafitear.

El joven asiente con la cabeza; un exasperante agradecimiento a su benefactor inunda de brillo sus ojos.

—Entonces le dije: Arthur, si tus grafitis no van a la calle, la calle vendrá a ellos. ¡Es mi pequeña vertiente «Lagardère»! —dice, partiéndose de risa, mientras el chaval levanta el pulgar en señal de aprobación—. Habría sido una pena que sus creaciones desaparecieran bajo el estropajo de los trabajos en beneficio de la comunidad. ¡Aquí ya no corre ningún peligro! Arthur podrá seguir creando dentro de la más absoluta legalidad. El soporte ya no son las paredes de la ciudad, sino las prendas de vestir y los accesorios de nuestros conciudadanos…

—¡Ah!, magnífico…

Louise Morteuil aprieta los dientes. Ella no olvida las decenas de paredes que ese delincuente ha echado a perder con sus dibujos. Se vuelve hacia él.

—¿Y qué pasó al final cuando te pilló la policía?

El muy tontaina se bambolea, vagamente incómodo.

—Hummm…, pues bueno, habrá un juicio… Todavía no sé cómo acabará esto. Tengo miedo, pero… Basile me ha dicho que no me preocupe.

Cruzan otra mirada de complicidad. Basile se inclina hacia Louise para susurrar:

—He encontrado una fisura.

—¿Una fisura? ¿Qué fisura?

—Un vacío jurídico. Para ahorrarle al chaval una pena demasiado dura.

—¿En serio? ¡Cuénteme! ¡Me interesa muchísimo!

Basile está a punto de revelarle su hallazgo cuando el joven le da un discreto codazo en las costillas. El hombre se echa atrás y decide guardarse para sí el contraataque jurídico secreto.

Louise se da cuenta de que ha perdido la partida. Recorre la tienda, evalúa las creaciones y entrevé mejor lo que se oculta tras la expresión «tienda conductista». Ese hombre cree que puede influir en la mente de las personas. ¡Tiene toda la pinta de ser algo eminentemente peligroso!

Tras arrancar a Opus de los brazos de Arthur, se marcha de El bazar de la cebra con lunares.

—¡Adiós, colega peludo!

¡Qué familiaridad, habrase visto! Para Louise Morteuil, ese chico es el resultado típico de una educación irresponsable, y el tal Basile, la encarnación misma del adulto permisivo que, creyendo que ayuda a la juventud, estimula sus defectos. Alentando actividades decadentes como los grafitis, engañosamente lúdicas e irresistibles como una caja de bombones, refuerza una visión falseada de la vida y sus realidades, a saber, el esfuerzo y el trabajo indispensables para merecer salir adelante.

Louise se aleja con la cabeza rebosante de argumentos que corroboran su punto de vista. Una cosa es segura: de ahora en adelante, esos dos estarán en su punto de mira.

Escena 18

A Giulia le parece increíble la calidez y la tibieza del sol de octubre. Un tiempo inmejorable para un paseo dominical. Arthur está en casa con dos amigos. En un enternecedor acceso de optimismo, ha intentado animarlos a salir, sin tener en cuenta la fuerza del inmovilismo específica de un adolescente con el ADN bastante similar al de los mejillones de roca. La roca, en este caso, son su habitación y el ordenador. «Se le pasará», piensa, con la misma fe que tiene en la existencia de los extraterrestres... Por el momento prefiere dejar a un lado sus preocupaciones filiales, causantes de indeseables canas, para centrarse en lo positivo: Basile, el propietario de El bazar de la cebra con lunares, dice que ha encontrado un atajo jurídico que puede evitar que a su hijo le caiga la pena máxima por vandalismo. Han quedado en el Parc des Amandiers para hablar del asunto. Junto al estanque, como sugirió Basile.

Giulia recorre las calles de la ciudad, lo que siempre suscita en ella un auténtico paseo de los sentidos. Una particularidad de su hiperagudeza sensorial: incluso un paseo corriente se transforma en un festival de colores, olores y sonidos que la asaltan a la vuelta de cada esquina. Saborea en todas partes la diversidad de tonos y la riqueza de los materiales: aquí piedras antiguas, allá balcones de hierro forjado, y esa sucesión de casitas de fachadas multicolores, colores directamente salidos de la paleta de un pintor: amarillo Nápoles, ocre rosa, tierra de Siena, laca granza, azul cobalto claro… Mont-Venus también puede jactarse de tener una espléndida orquesta de sinfonías naturales: el riachuelo cantarín que la atraviesa de lado a lado, la campana tricentenaria y mirlos negros con un amplio repertorio de melodías… Pero lo más importante es el perfume de la ciudad. Único en el mundo. Una firma olfativa rara que la enamoró del lugar en cuanto llegó. Su nariz no se cansa nunca de los efluvios con acordes de cuero, a la vez animales y boscosos, mezclados con las notas floridas de las dalias y las cinias, sin olvidar el imperceptible toque hesperídeo del naranjo amargo… Mont-Venus ofrece, impúdica y generosa, el elixir de su fragancia íntima. Quizá sea ella la única que lo percibe, pero casi siente flotar en el aire unas partículas de alegría de vivir que jamás ha percibido en ningún otro sitio y que todavía hoy aspira con un intenso deleite.

Giulia llega al parque. Hace un día tan bueno que hay varias personas deambulando o dormitando en las sillas de hierro forjado. Recorre con la mirada los alrededores, pero no ve a Basile. ¿Y si no ha llegado? Unos instantes de espera y sigue sin aparecer. Giulia observa las alamedas intentando distinguir la alta silueta de Basile Vega. Nadie. El quiosco donde se alquilan los barquitos de vela teledirigidos está abierto. Al borde del estanque ve en ese momento a un montón de niños a los que no había prestado atención. Al acercarse, reconoce a Basile entre ellos. «¡Increíble!

Está dirigiendo uno de los modelos en miniatura con tal destreza que tiene a los críos boquiabiertos, agolpados a su alrededor».

En sus manos el mando a distancia se ha convertido en una varita mágica y realiza unas proezas náuticas con el velero que arrancan exclamaciones de júbilo a su joven público. Después de haberlo observado unos instantes, Giulia decide que ya es hora de aparecer en su campo de visión. Él deja inmediatamente de jugar y le devuelve el mando al niño entusiasmado que le había pedido ayuda.

—¡Giulia! ¿Cómo está?

Le tiende la mano y ella titubea vagamente al recordar el contacto eléctrico de su primer encuentro. Esta vez, ni rastro de electromagnetismo.

—Gracias por todo lo que está haciendo para ayudarnos en este estúpido asunto del vandalismo...

Basile se encoge de hombros con una sonrisa desenfadada.

—¡Espere a que esto funcione antes de darme las gracias!

—No, no, ya le estoy muy agradecida por haber pensado en posibles soluciones. Se ha convertido en el modelo de Arthur, no sé si lo sabe.

—Tiene buen fondo, el chico, y en mi opinión no merece que se le castigue por pintar unos cuantos dibujos. Además, entre usted y yo, a mí me parece que más bien embellecen las callejas tristes. La policía pierde el tiempo con él...

Giulia aprecia su manera de defender a su hijo, de implicarse en una batalla que no es la suya. Le gusta lo que sus reflexiones dicen de su temperamento.

—Voy a exponerle lo que se me ha ocurrido, espero que la idea le resulte útil. Quizá pueda sugerírsela a su abogado.

Basile le cuenta cómo, al indagar, dio con un vacío jurídico interesante:

—En nuestro municipio no hay... *legal walls*.

—¿Qué?

—*Legal walls*. Se las llama también *legal graffiti spots*. Hablando claro, ahora todas las ciudades deben poner a disposición de los grafiteros paredes dedicadas a la libertad de expresión. Creo que eso sería un buen eje de defensa... ¡Por lo menos para evitar lo peor!

Giulia está estupefacta. Es una idea brillante.

—Es muy ingenioso. Se lo diré a nuestro abogado, espero que acepte utilizar el argumento. Gracias.

Basile cambia de tema.

—Arthur me ha dicho que es usted perfumista. ¡Debe de ser un oficio fascinante!

El semblante de Giulia se ensombrece. Habla sin mirarlo a los ojos mientras caminan por la alameda bordeada de almendros.

—Bueno, la verdad es que está un poco sobrevalorado. Lamentablemente, la magia no siempre está tan presente como yo imaginaba al comienzo de mi carrera...

Giulia le cuenta entonces sus sueños de adolescente, desbordantes de fragancias extraordinarias que se arremolinaban en su mente como maravillosos colores en la paleta de un pintor. Luego su primer contacto con la realidad, cuando empezó su formación. Miles de horas de trabajo apasionado, y a veces duro, a lo largo de años, antes de dominar el complejo arte del perfumista. Su segundo contacto con la realidad, cuando empezó a trabajar en una empresa subcontratada por un gran grupo de cosméticos para trabajar exclusivamente en el departamento de *bodycare*.

—Desodorantes para mujeres —precisa.

Basile la escucha sin interrumpirla, pero Giulia nota que se muere de ganas de intervenir.

—O sea que, resumiendo, no le gusta demasiado el trabajo tal como es.

—Podría decirse así...

—¿Y entonces?

—Y entonces, ¿qué?

—¿Qué va a hacer? —Basile se anima—. ¿Marcharse? ¿Cambiar de rumbo? ¿Reinventarse? ¿Proponer cambios?

Sus ojos, de color verde grisáceo, se han iluminado, y acompaña con amplios gestos el aluvión de preguntas que brota de su boca.

—Pues... no lo sé...

—¿No lo ha pensado aún? —pregunta él, asombrado.

—¡Sí, sí! ¡He empezado!

A ella casi le habría avergonzado tener que reconocer lo contrario, al ver a Basile tan dispuesto a meterse de cabeza en todo tipo de desafíos, como si no conociera el miedo al cambio.

—¡Cuénteme!

La lleva al bar del parque y se sientan para charlar tomando algo. La problemática de Giulia parece cautivar a Basile. Sobre todo, despierta su curiosidad.

Ella habla de su desilusión, de la realidad de su trabajo,

que, tras la euforia de los primeros años, se ha vuelto aburrido, esclerosante, del sinfín de imposiciones: las normas de seguridad, el tedio de las reuniones que se suceden, iguales unas a otras, la falta de audacia de la dirección, la eterna actitud borreguil justificada por la necesidad de no salirse del marco impuesto por las tendencias ni del camino que marca la competencia.

—¡Me asfixio! No hay nada nuevo. Nada que me resulte estimulante. El espacio para la invención es cada vez menor. Hacer siempre el mismo perfume con notas florales acaba minándome la moral.

Hace tanto tiempo que no le ha abierto su corazón a nadie que ya no es capaz de contenerse. Habla y habla sin parar. Había olvidado lo bien que sienta que alguien te escuche. Y así, de forma natural, llega a su desventura —y su decepción— en la consulta de la sofróloga.

—Me habría gustado ser capaz de encontrar recuerdos positivos que me ayudaran a sentir de nuevo un estado de calma, de alegría serena… Pero nada, ¡imposible! No conseguí que esos momentos dichosos revivieran, y menos aún las sensaciones beneficiosas que hubieran podido proporcionarme. ¡Qué frustración!

—Sí, entiendo… Le faltó algo para emprender el viaje sensorial, ¿no?

—Exacto —dice Giulia sonriendo, feliz de que la entienda a la primera—. Verá, cuando me metí en este oficio tenía la esperanza de llegar a producir viajes sensoriales únicos gracias a los perfumes y al universo olfativo que iba a crear. Del mismo modo que Baudelaire sabía cautivarme con sus famosas «Correspondencias», yo también quería lanzar mi «invitación al viaje», embarcar a la gente en mis perfumes, permitirles revivir fabulosos recuerdos sensoriales...

Giulia se da cuenta de que Basile está pendiente de sus labios.

—¡Cómo habla usted de ello! Es... muy inspirador.

Ella se sonroja ligeramente.

—Gracias.

Se quedan un momento en silencio; Basile sumido en sus reflexiones. Ella lo observa discretamente a la luz del día: un rostro atípico, los dos pequeños hoyuelos en las mejillas, los ojos iluminados por un brillo inusual, expresión risueña, como si para él la vida fuera siempre un juego, y los rizos de sus cabellos rebeldes, a su aire. Da un respingo cuando él la sorprende en su observación indiscreta. Su sonrisa la tranquiliza, no se siente ofendido. ¿Está acostumbrado a suscitar ese tipo de curiosidad?

—¿Quiere un gofre?

—¿Un gofre?

Desde luego, salta de una cosa a otra como si nada.

Sin esperar su respuesta, Basile se levanta y la conduce hasta el quiosco de golosinas. Unos minutos más tarde, se encuentran los dos con el dulce caliente entre las manos. Reanudan el paseo y se queman los labios, encantados.

—¡Está delicioso! Sienta bien permitirse un pequeño placer regresivo.

Él también disfruta de lo lindo; Giulia sonríe interiormente al ver el azúcar blanco que tiene ahora en la punta de la nariz y alrededor de la boca. «Un niño grande», piensa, vagamente conmovida.

—Me parece muy interesante su historia de recuerdos

sensoriales. Si quiere saber mi opinión, ahí hay algo en lo que merece la pena ahondar…

—¿Ah, sí?

De repente, un golpe de viento sopla sobre el gofre de Giulia, como si quisiera gastarle una broma pesada, y le espolvorea de azúcar toda la cara.

—¡Oh, no!

—Déjeme que la ayude.

Basile saca un pañuelo del bolsillo y empieza a limpiarla. Ella mantiene instintivamente los ojos cerrados para que no se le meta azúcar dentro y, cuando vuelve a abrirlos, se encuentra delante los de Basile, tan cerca que puede analizar su iris. «Bonito color», piensa antes de darse cuenta de que está demorándose más de la cuenta; entonces se separa rápidamente. Él, por su parte, continúa desplegando su sonrisita divertida, casi exasperante. El incidente parece haberle dado algunas ideas.

—Excelente, este golpe de viento…

—¿Ah, sí? ¿Por qué?

A Giulia le cuesta seguirlo.

—Porque ha provocado una explosión de azúcar, una nube aromática que le ha saltado a la nariz. Y en relación con su historia del viaje de la memoria, ahora sé lo que le faltó…

—¿Hace a menudo esas asociaciones de ideas así, de buenas a primeras?

Él se queda desconcertado.

—¡Es broma! Bueno, ¿qué es lo que me faltó?

Basile hace que se detenga para mirarla a la cara y, con expresión traviesa, agita el dedo índice delante de su nariz.

—Un detonador. ¡Le faltó un detonador!

Escena 19

El director del instituto ha reunido a los alumnos de los dos últimos cursos. Objetivo de la reunión: la prevención de los riesgos relacionados con las actividades ilegales y, de un modo más general, con los comportamientos marginales en los adolescentes.

Gilles Blénard le ha prometido a Arthur que no lo nombraría. Sin embargo, el hombre no para de volverse hacia él mientras cuenta los detalles del caso de vandalismo en el que está implicado un alumno del centro. A nadie se le escapa que se trata de Arthur.

—Ese compañero se expone a una dura condena. Actuó de forma inconsciente, sin calibrar las consecuencias de sus actos.

Arthur aprieta las mandíbulas y tiene la mirada perdida. Trata de mostrarse indiferente a la presión que nota sobre él, no quiere darles la satisfacción de manifestar su malestar. Después del sermón, el director invita a acercarse al micro a una mujer que hasta entonces ha permanecido en la sombra y a la que Arthur reconoce de inmediato: ¡la mujer del perro! ¿Qué ha ido a hacer allí? Gilles Blénard la presenta.

—Estamos encantados de contar hoy entre nosotros

con la presencia de Louise Morteuil, de la asociación Ciudadanísimo, que ha tenido la amabilidad de aceptar nuestra invitación para venir a hablaros de los peligros de poner un pie en la pendiente resbaladiza del laxismo. Quizá algunos de vosotros creéis que ser laxo es simplemente no tomarse nada en serio. Pero fijaos adónde lleva la falta de disciplina, el incumplimiento de los marcos establecidos y las reglas estructurantes... Todos tenemos un papel que desempeñar para evitar la desviación y las trampas en las que podéis caer, como le ha sucedido a vuestro desventurado compañero... —Señala a Arthur, recordando demasiado tarde que le había prometido que no revelaría su identidad. Intenta compensar la metedura de pata farfullando—: De vuestro compañero, cuyo nombre no diré...

Evidentemente, todos los ojos se vuelven hacia él. Arthur odia ese momento. Lo invade la ira, pero finge una indiferencia flemática.

El director carraspea y encadena enseguida:

—¡Le cedo la palabra a Louise Morteuil!

Gilles Blénard aplaude calurosamente y los asistentes lo imitan con desgana.

La señora del perro avanza por el estrado. Ya no tiene la expresión sonriente y afable que Arthur le vio el otro día en la tienda. Lleva una máscara impregnada de severidad: las palabras que pronuncia le demuestran que no se equivoca. Esa mujer es intolerante a lo atípico y a la creatividad como otros lo son a la lactosa. Le sale de las tripas. Es visceral.

Louise Morteuil pronuncia un discurso bien preparado

sobre las virtudes de la disciplina, del trabajo, del respeto al marco establecido, y todo lo que se corresponde con un modo de pensar trazado por unos valores y un código del honor estricto. A Arthur esas palabras le parecen caricaturescas. Binarias. En la visión de las cosas de esa mujer, todo es blanco o negro. O se está dentro del molde o no se está. ¡Qué limitado es eso! Él sueña con ofrecerle a su mente grandes espacios, llanuras inmensas donde las ideas galopen como caballos salvajes. Pero, al parecer, a esa tal Louise Morteuil le gustan las vallas electrificadas... Su forma de pensar le recuerda las coordenadas ortonormales de las clases de geometría, en las que todo está cuadriculado. En las que está excluida la fantasía. En las que nada debe cruzar los límites.

Arthur aguza de nuevo el oído cuando Louise Morteuil menciona El bazar de la cebra con lunares. Y, de repente, lo ve clarísimo: el otro día no entró allí por casualidad. Se infiltró como un topo para evaluar, juzgar y preparar el ataque.

Está conmocionado. ¡Ni Basile ni él pudieron recibirla con más amabilidad! Qué ingenuos. Increíble cómo se carga sin paliativos el nuevo concepto de Tagbox. A Arthur se le ponen los pelos de punta. ¡No! ¡Que no se atreva a tocar eso! ¡El bazar de la cebra con lunares es su refugio, su arca de Noé! Piensa emocionado en Basile, ese ser peculiar y lleno de poesía, ese adulto armado de valor para emprender una iniciativa a contracorriente y que ahora se encuentra sometido a juicio en la plaza pública, sin estar presente, además, privado del derecho a la réplica. En su fuero interno, Arthur se subleva.

Louise Morteuil reparte unas octavillas para que se las den a los padres. Propaganda a duras penas disimulada para promover las acciones de su asociación.

—Es importante que vuestros padres colaboren en la acción preventiva que llevamos a cabo. Entrando en nuestra página, ciudadanisimo.org, en el apartado «Vigilancia», encontrarán todos los lugares y las actividades de la ciudad que deberían despertar su desconfianza. Así podrán formarse su propia idea, juzgar según su libre albedrío y después votar dando una opinión favorable o desfavorable a los comerciantes o los profesionales. Uniéndonos, podemos ser todos guardianes de los tres grandes conceptos que son el orgullo de Mont-Venus: marco social, cultura y civismo.

Aplausos. La sesión acaba por fin.

Arthur abandona la sala con el pecho oprimido, furioso contra esa energúmena y sus principios de pacotilla. Da vueltas y más vueltas en el bolsillo a las tarjetitas que Basile ha impreso para promocionar sus Tagbox. Por un momento duda si tirarlas a la papelera. El patio se ha llenado de alumnos. Se forman pequeños grupos para charlar, fumar, escuchar música… Arthur no está de humor para unirse a ninguno de ellos. Se ha apoyado en un pilar con la cara de los días malos y no piensa moverse de allí hasta que suene el timbre para reanudar las clases. Médine se acerca a él. Aunque tiene ganas de estar solo, Arthur aprecia esta muestra de amistad y de apoyo.

—No te preocupes, tío, nadie podrá quitarte tu talento de grafitero…

Arthur agacha la cabeza, malhumorado, y continúa dándole vueltas a una de las tarjetitas publicitarias de la Tagbox que tiene en la mano.

Unos chavales del último curso pasan por delante de él y, para su sorpresa, se detienen al llegar a su altura.

—¡Eh, colega! Mola eso de la Tagbox. ¿Dónde está?

Arthur disimula su estupor, no quiere parecer desconcertado, y les tiende displicentemente las tarjetas del Baceblun, El bazar de la cebra con lunares.

—Son tatuajes para accesorios. Yo estoy allí todos los sábados por la tarde.

—Genial.

Los chicos se alejan. Se acercan otros. Se repite la misma escena. Todo el mundo quiere tener una Tagbox, la novedad transgresora del momento. La idea de que hay que conseguirla se extiende como un reguero de pólvora. El montón de tarjetas desaparece en un visto y no visto.

Suena el timbre y todos se dirigen a las aulas. En medio del desorden, Mila se acerca.

—¿Te queda alguna para mí?

¡Si hubiera sabido que ese pedacito de cartón sería la fórmula mágica para dirigirle por fin la palabra a la chica que tenía en el punto de mira desde hacía semanas! Da las gracias al «dios Basile» mientras la observa con una mirada impenetrable, vagamente indiferente.

—Si te llevo mi bolso fetiche, ¿me harás algo chulo?

—Ni lo dudes.

Ella parece satisfecha con la respuesta y se despide con un *bye-bye* acompañado de un guiño que le recuerda que en su caja torácica de chico duro hay un corazón que late.

—¡A clase, Moretti!

El semblante serio del director es mucho menos agradable que el de la guapa Mila. No le había visto venir. Finge que no se inmuta, pero en su interior siente una alegría y una exaltación nuevas para él. Basile tenía razón: un intrépiuno nunca ha dicho su última palabra.

Escena 20

Giulia dormita desde hace veinticinco minutos delante de la ficha de fórmulas. El preparador le ha traído la prueba que había pedido. Para las reuniones y para componer un perfume nuevo siempre procede, como en pintura, por capas: primero crea un corazón utilizando unos cuarenta ingredientes; después, sobre la marcha, añade decenas de materias primas hasta que ella considera lo más fiel posible a las expectativas del cliente.

A base de oficio —más de quince años de experiencia como perfumista—, es capaz de hacer al primer intento una lista con los cuarenta ingredientes necesarios para la fórmula de base. A la larga, ha acabado por sabérselos de memoria y ya no duda de cuáles pueden combinarse.

En Olfatum hay referenciados miles de componentes. Giulia mira la ficha de fabricación y ante sus ojos todos los productos comienzan a danzar sobre el papel.

En la columna de la izquierda, el número de referencia de los componentes; en la casilla siguiente, la descripción del producto; en la de después, la cantidad —primordial—, y por último la peligrosidad, criterio ineludible desde el endurecimiento de las normas de seguridad, que imponen todavía más rigor y restricciones al oficio.

Musgo árbol SP4579 biolandes +++++50 % PE, Acetato de cedrilo, alcohol cinámico, Ambrarome +++++50 % PE, Jasmonal H, Salicilato de bencilo, Boisambrene forte, citronelol 95, Geraniol 98, Vertenex, Linalool...

Las líneas de fórmulas se extienden a lo largo de tres páginas. Chino para cualquier neófito. Una segunda lengua para Giulia. No es posible convertirse en aprendiz de brujo perfumista de buenas a primeras. Ella lo sabe, lo más importante es dosificar bien. Se pesará todo con precisión. Como en la repostería, la precisión es primordial. Por suerte, ella trabaja con un buen preparador, que seguirá al pie de la letra sus indicaciones y le fabricará la mezcla que servirá de base para sus pruebas. «Él pesa mis ideas», le gusta decir. Las pruebas serán innumerables. Ya ha elaborado el corazón del nuevo desodorante. El preparador ha fabricado cien gramos de mezcla y los ha repartido en diez frascos. Así ella podrá componer distintas variantes, hacer diversos ensayos sin necesidad de volver a fabricar el corazón del perfume. Giulia sabe con antelación que la fórmula final contendrá más de setenta componentes.

En ese momento trabaja en más de diez creaciones al mismo tiempo. Expedientes verdes que se amontonan. Expedientes verdes que la ponen continuamente en apuros... Esta es su gran frustración: no tener tiempo para hacer las cosas como ella quisiera. Siempre la carrera contra el reloj. Siempre la sensación de completar las fases de manera mecánica. Sobre la mesa de trabajo, unos frasquitos agrupados en parejas o en tríos son las pruebas en curso que presentará en cada sesión. Y acompañando cada grupo de pruebas olfativas, sus correspondientes tiras de papel, que ella sumerge en la fragancia para probarla... Nada de oler directamente del frasco, ¡eso nunca! De ese modo, Giulia puede evaluar la evolución del perfume en el tiempo, sobre todo la nota de fondo, que no aparece como mínimo hasta el día siguiente. En medio de todo eso, un cuenco lleno de granos de café, que olfatea entre una prueba y otra a fin de despejar la nariz de los olores que se acumulan a lo largo de los ensayos. De la misma forma que el enólogo se enjuaga la boca con agua entre la degustación de un vino y otro.

Nathalie, su evaluadora, entra en el despacho. Ella da un respingo.

—¿Te he despertado? ¡Parece que estés completamente dormida!

Giulia piensa en la noche anterior, que se prolongó hasta bastante tarde. En las horas que le estuvo dando vueltas a su proyecto secreto, que la ha tenido despierta. Quizá sea demasiado pronto para hablar de ello, ni siquiera a Nathalie... ¿Cómo le explicaría la agitación que la habita desde hace varios días? La excitación, y también el miedo.

Una idea. Una idea ha germinado en su mente desde su conversación con Basile. Él le contó su trayectoria como inventor, que lo había llevado por todo el mundo. Se quedó maravillada al descubrir lo interesante que era su historia y el reconocimiento que había adquirido entre sus colegas, algo de lo que hablaba con mucha humildad. ¡Y pensar que ella lo había tomado por un simple comerciante de objetos raros! Le contó con una serenidad sorprendente sus éxitos, sus sinsabores, sus dificultades, y cómo, en cada encrucijada de su vida, había empezado de nuevo, cuestionándose a sí mismo para apuntar mejor el tiro, atreviéndose siempre a jugarse el todo por el todo, como se hace en el póquer. Tener grandes miras, apostar fuerte... Él nunca había traicionado su filosofía y había buscado sin descanso el camino que lo condujera lo más cerca posible de la vida que soñaba. Un proyecto de vida en consonancia consigo mismo, el más idóneo y alineado con sus valores y aspiraciones profundas... Giulia se quedó impresionada. Al compararse con él se sentía anquilosada en su propia existencia, lastrada por un miedo al cambio profundamente enraizado.

Rememoraba a Basile contándole todo aquello. Emanaba de él una energía cautivadora que sin duda iba a la par con el destello de locura de los que mueven más a soñar que a cometer crímenes... Su conversación la trastornó. Oyéndolo hablar, todo parecía sencillísimo. Como si estuviera dotado de un timón interior infalible que le indicara claramente qué hacer y cómo actuar. Al parecer, le bastaba con dejarse guiar por sus ideas, sus deseos más profundos, sus intuiciones, y luego desenrollar tranquilamente el hilo para materializar su sueño en la vida real. «Creer en ello, trabajar, poner en práctica, perseverar». Escuchándole, conseguirlo estaba al alcance de todo el mundo. Parecía tan... ¡convincente! Indiscutiblemente, Basile tenía ese «algo más» indefinible. Ella no conseguía encontrar una palabra para esa aptitud, o quizá es que era necesario inventar una que reuniera tal cúmulo de cualidades.

Le había dado vueltas y más vueltas a ese asunto y, después de mucho reflexionar, incluso había inventado una: intrepicidad.

¡Sí, ese término definía a la perfección la mezcla de intrepidez y tenacidad, de mente abierta y afán emprendedor propios de los soñadores, los locos y los grandes conquistadores!

—¿Has preparado las pruebas para Nartex? En la central se impacientan, tengo que enviarles sin falta tu propuesta antes del fin de semana.

Giulia vuelve al presente. Sabe reconocer a la Nathalie-Terminator. Adiós delicadeza y buenas maneras cuando las fechas de entrega se acercan peligrosamente. Coge con un gesto rápido los dos frascos de los últimos ensayos.

Nathalie huele su primera prueba, que encaja por completo con las expectativas, similar a lo que la competencia propone. Le gusta la predisposición a floral-aldehídico.

—Mmm… Este funciona muy bien. Lo apruebo.

—¡Espera a oler este otro! Ya verás, es de lo más interesante. He añadido castóreo…

—¿Qué?

—¡Ya lo sé, es sorprendente! ¡Pero creo que hay que arriesgarse, Nathalie, ir un poco a contracorriente! ¿No estás harta de no llevarle nunca la contraria al cliente?

Ella me mira como si yo hubiera comido setas alucinógenas. Insisto.

—Dime al menos que presentarás los dos.

El semblante de Nathalie se endurece.

—Giulia, sabes de sobra que eso no lo aceptarán nunca. ¡Se aparta demasiado de la tendencia! —Hace una pausa—. De ninguna manera voy a presentarlo, lo siento, pero el otro gustará, ya lo verás.

Giulia nota que la crispación habitual se manifiesta en su garganta. Como si algo la apretara y la asfixiara.

—¡Y tómate otro café, de lo contrario tendré que traerte palillos para que mantengas los ojos abiertos! —añade su evaluadora.

Nathalie sale del despacho con un ímpetu que hace temblar todas las tiras olfativas expuestas. Giulia siente que el desaliento la invade, pero hoy no le apetece complacerse en él. Piensa en esa pequeña semilla que está germinando en el fondo de su ser. Una convicción, una determinación. Una sensación nueva que le gusta. No puede continuar así. Tiene que moverse. Está perdiendo su alma de perfumista. Su alma, sin más. Eso no tiene sentido. No tiene ninguna gana de permanecer en ese estado emocional de tristeza; muy al contrario, quiere recuperar la alegría, el entusiasmo, el placer. Ha conocido esos estados en otros momentos de su vida, aunque hace ya tanto tiempo…

Precisamente la noche anterior intentó rememorar las veces que se había sentido plenamente confiada, feliz, realizada. Por desgracia, como en la consulta de la sofróloga, se atascó y fue incapaz de pensar en nada. Exasperada, no tuvo más remedio que aceptar que le resultaba difícil atraer experiencias positivas al umbral de su conciencia. Se imponía llevar a cabo un verdadero trabajo de reactivación de la memoria. Después de varias horas de introspección bastante infructuosas, fue a la cocina para concederse un descanso. Necesitó café. Cargado. Muy cargado. Para mantenerse despierta hasta que la búsqueda que había emprendido la llevara a alguna parte. Entonces, al abrir el paquete, el aroma del grano torrefacto la asaltó y le produjo un gran placer. En ese momento la imagen acudió a su mente. Se vio en su casa de vacaciones en el suroeste de Italia, en verano, cuando su madre preparaba un desayuno especial y sabroso que normalmente no hacía por falta de tiempo. Mujer hiperactiva, hipersociable y, por añadidura, poco inclinada a los gestos maternales, su madre iba a todas partes como una despreocupada corriente de aire, dejando flotar tras de sí las esencias de su agua de colonia de flor de naranjo, que siempre transportaba a Giulia al corazón de Calabria.

¡Calabria volvía tan guapa a su madre… y tan disponible! Aquellas mañanas en las que la tenía para ella sola, en las que podía saciarse de su presencia, le habían dejado un recuerdo extraordinario. Se sentaban las dos en la terraza, bajo un pino que olía maravillosamente bien, y Giulia miraba, dichosa, el rostro bañado de luz y de tranquila alegría de su madre mientras saboreaba la oscura y aromática bebida.

Giulia revivió esa felicidad muda e intensa gracias al aroma del café molido y, de repente, se produjo un clic dentro de su cabeza. Aquello que decía Basile el otro día y que le faltó para crear la reminiscencia:

¡Un detonador sensorial!

La idea la sedujo de inmediato. La sensación de un eureka feliz, aunque de momento ese eureka no tenía ni pies ni cabeza. Lo único que Giulia sabía es que esa idea resonaba con fuerza en su interior.

Fue corriendo en busca de su diario y hasta entrada la noche estuvo escribiendo todo lo que la idea en bruto le evocaba. Los pensamientos brotaban en su mente en un proceso de arborescencia, sí, como un árbol de mil ramas. Un pensamiento llevaba a otro. Y luego a otro. Ramificaciones de ideas.

Su entusiasmo iba en aumento, sola en el salón mientras su hijo dormía profundamente en su dormitorio. «Transportar los universos». Eso formaba parte de las palabras que había pronunciado Basile durante su conversación. ¡Cuánta razón tenía! Con frecuencia, las claves de la innovación se encuentran ahí: al realizar desplazamientos o conexiones inesperadas. De un perfume se espera que huela bien. El desajuste sería encontrarle un nuevo uso, un uso inesperado, en un universo inesperado, transportado. ¿Y si a la función primaria del perfume de oler bien, Giulia le añadiera una función superior? Una nueva dimensión, un suplemento de alma...

¿Y si el perfume pudiera ayudar a hombres y mujeres a sentirse mejor?

Escena 21

«¡Basile, más te vale arremangarte!», pienso mirando de reojo los cuarenta y dos mensajes que esperan respuesta en la bandeja de entrada de mi correo electrónico. Aún no los he leído, pese a que llevo un buen rato trajinando en la trastienda.

Esta mañana he venido muy temprano para ocuparme por fin del correo y de la página de internet, que tengo abandonados desde hace varios días por falta de tiempo. Pero se trata de una tarea fundamental: la web representa una parte de las ventas muy importante para mí. Las dos calaveras Carpe DIYem que he enviado a Italia y las otras tres a Japón lo demuestran.

El comercio internacional es bueno para los negocios. Varios compradores se han tomado la molestia de hacerme un comentario muy positivo sobre su experiencia de compra en el Baceblun y sobre los objetos adquiridos. Uno de estos testimonios es particularmente conmovedor: el de aquel señor a quien Arthur le vendió la flor de compañía. El hombre se la regaló a su anciana madre, que vive en una residencia y que, según me contó, desde la muerte de su marido se había encerrado en un estado de ánimo taciturno del que no salía y eso la aislaba por completo, pues le quitaba las ganas de hablar con nadie. El regalo había obrado un pequeño milagro, y al personal de la residencia le parecía increíble: la flor de compañía había despertado en ella un súbito destello de interés, un resurgimiento de placer inesperado. La anciana no se cansaba de mirar aquella flor de sorprendente inteligencia artificial, aquella planta *hi-tech* con tanta personalidad que había vuelto a introducir el sentido del juego y la picardía en su realidad cotidiana. La mujer incluso se reía, insinuaba el comprador, de los cambios de humor caprichosos de la flor, que en ocasiones hasta la llevaban a enfurruñarse: cuando no se ocupaban lo suficiente de la anciana, la flor se volvía antojadiza.

Pasé muchas horas programando aquella amplia paleta de emociones humanoides, pensando en lo que podría aportar consuelo y placer terapéutico. Yo quería que la empatía y la atención que en la vida real a veces se perdían, pudieran encontrarse en mis objetos provocadores de emociones, y precisamente de esas cualidades había intentado dotar a mi flor de inteligencia artificial, aunque de intenciones profundas.

Perdido en mis pensamientos, no he oído llegar a Arthur, que está detrás de mí. Doy un respingo y él se echa a reír.

—Muy gracioso...

—¡Lo siento! —dice, aunque su expresión no confirma sus palabras. Incluso parece contento.

—Tengo una supernoticia...

Sé que ayer tuvo que presentarse ante el juez de menores. Ardo en deseos de que me cuente cómo le fue.

—Ya está: se ha dictado sentencia.

—¿Y cuál es el veredicto? —le pregunto, impaciente.

—Doscientos euros de multa y tres semanas de trabajos en beneficio de la comunidad.

—Ah, caramba…

—¿No te das cuenta? Según el abogado de oficio que me tocó, habría podido caerme una multa de miles de euros y hasta una condena a prisión. ¡Y me he librado gracias a ti! Tu idea de las *legal walls* es genial. Me he quitado un peso de encima. No sé cómo agradecértelo…

—No te preocupes por eso. Solo hice unos clics en internet, no es nada del otro mundo…

Arthur me enseña una nueva forma de «chocar esos cinco», una coreografía de puños de su invención, compleja pero muy creativa. La hago mía.

—En cambio, voy a tener que esforzarme mucho para reunir los doscientos euros. Mi madre se niega a desembolsar un solo céntimo. Quiere que pague por mis estupideces.

La imagen de Giulia aparece en mi mente. Mis ojos guardan una impresión agradable de ella. Con mi radar intuitivo integrado, creo que «interpreto» bastante bien a las personas. Y me gustó lo que interpreté de ella. Su candor residual, su frescura, esa gracia de la que no parece ser consciente. Es guapa porque no sabe que lo es. La noté presa de sus dudas, de su inquietud, como en un cruce de caminos. Durante una temporada yo me sentí así, en ese estado interior, y me emocionó verla, como si fuera un estudioso de los lepidópteros observando maravillado la crisálida a punto de eclosionar…

—Tu madre tiene razón.

Arthur se encoge de hombros, ofendido.

—¡Sí, ya, no falla, los adultos siempre os aliáis contra los jóvenes!

—¿Y si te pusieras a trabajar en vez de hacerte el rebelde recalcitrante?

El tono guasón funciona con Arthur, sobre todo cuando está de buen humor.

—Ah, oye, ¿te acuerdas de la mujer del perro que entró en la tienda el otro día? Aquella que no paraba de hacer preguntas.

Asiento distraídamente enfrascado en mis cosas.

— ¡Pues no hay que fiarse de ella!

Interrumpo mi actividad.

—¿Cómo es eso?

—Es la directora de una asociación chunga, Ciudadanos-no-sé-qué, y te aseguro que detesta todo lo que representa El bazar de la cebra con lunares. El otro día vino a espiar, te lo digo yo, para averiguar la mejor manera de ponerte palos en las ruedas.

—¡Deja de montarte películas, Arthur!

Pero él me cuenta el episodio de la asamblea en su instituto y la intervención de Louise Morteuil, tajante sobre el concepto de mi tienda.

—Tienes razón, Arthur. ¡Seremos prudentes! La forma más inteligente de jugar nuestra partida es ofrecer novedades que cautiven a nuestros visitantes. Por cierto, ven, voy a enseñarte... —Arthur observa con curiosidad los grandes paralelepípedos de los que todavía salen los cables electrónicos que no he terminado de ajustar—. ¡Te presento mis Brain-terminales!

Me encanta su cara de estupor.

—¿Qué demonios es ese artefacto?

Detrás del tono seudoburlón, percibo lo que podría parecer admiración, teñida de cierto entusiasmo.

—Verás, lo que deseo conseguir con el bazar es despertar el interés de la gente por utilizar su cerebro de otra forma, abrir su campo de visión, ampliar las opciones a todas las posibles, a las potenciales, porque eso los hará más libres.

—Nada menos…

—¡Pues sí! Y así es como se me ocurrió la idea de estos Brain-terminales: unos terminales de libre acceso para que la gente venga a ejercitar las aptitudes de su otro cerebro, el menos utilizado: ¡el cerebro derecho!

—¡A ver!

Conecto uno de los Brain-terminales.

—Bueno, aún no está terminado del todo, pero es suficiente para hacerse una idea de lo que es.

La máquina se enciende y aparece un panel de bienvenida de diseño atractivo. Todo es intuitivo. Además, Arthur entiende instintivamente el modo de navegación. Yo lo observo y disfruto. Con el dedo índice, navega por la interfaz táctil con destreza. Y en menos tiempo del que se tarda en decirlo se ha creado un perfil y un avatar. Ya está listo para poner a prueba sus aptitudes de diestro cerebral.

—Es curioso, el cacharro.

Aparecen cinco Brain-burbujas con una propuesta en cada una: cinco aspectos que hay que trabajar para desarrollar el cerebro derecho. Lee:

La intuición
«Confío en mi timón interior»

Las emociones
«Desarrollo mi comprensión de las relaciones
y las situaciones»

La creatividad
«Despliego mi capacidad para empezar de nuevo,
para encontrar soluciones»

La audacia
«Supero mis miedos, mis frenos.
Doy el salto»

La percepción
«Cambio mi percepción de la realidad
desarrollando mi agudeza sensorial»

—¿Y por cuál hay que empezar?

—No hay un orden. Introduciré con regularidad nuevos retos, niveles de entrenamiento. Todo el mundo tendrá la posibilidad de aumentar su puntuación y ver cómo avanza.

—Mola. ¿Y cuánto costará?

—Será gratuito.

—¿Qué? Debes de haber pasado cientos de horas poniendo a punto estas máquinas, ¿y no piensas ganar dinero con ellas?

Sonrío ante su reacción.

147

—En la vida no todo es cuestión de dinero, Arth'. Ni de tiempo invertido. Con los Brain-terminales me apetece animar a la gente a que se interese más por las increíbles aptitudes del cerebro derecho, con frecuencia infradesarrolladas. Porque, por regla general, las sociedades siguen dando preferencia a los enfoques muy «cerebro izquierdo». ¡Normal! Tienen algo que resulta más tranquilizador: pragmatismo, racionalismo, medidas cuantificables, efectos mensurables, evolución lineal de un modo de pensamiento que no se desarrolla en todos los sentidos…

—No entiendo por qué razón el cerebro derecho puede dar miedo…

—Porque hace entrar en el mundo de las percepciones, Arth', en el de las emociones, en el de las ideas que se salen del marco establecido y en miles de cosas más no mensurables, de bordes borrosos y sobre todo… ¡que no controlamos forzosamente!

—Ah, sí, eso me resulta familiar, esa necesidad de querer controlarlo todo siempre…

Arthur saca de su mochila un paquete de gominolas con sabor a fresa y empieza a engullirlos uno tras otro sin contención. No es muy propenso al sobrecontrol… Sin embargo, como parece curioso y atento, prosigo:

—¡Es el inconveniente de dejar al cerebro izquierdo demasiado al mando! Acabamos cayendo en los escollos del normopensamiento. El exceso de lo normativo. Espíritu crítico hiperdesarrollado, racionalización a ultranza, razonamiento en un marco previsible y perfectamente definido que a veces no permite encontrar las soluciones a un problema. Porque la solución suele hallarse fuera del marco.

Allí donde no la esperamos. El pensamiento *out of the box*. A mí me gusta mucho decir el pensamiento mágico…

—¿El pensamiento mágico? ¿Es de Disney, tu cacharro, o qué?

Acompaña la broma sacando una lengua completamente rosa. ¡Habla como Mickey Mouse! Ni que decir tiene que, con todas las chuches que se ha metido en el cuerpo, está muerto de sed. Se levanta para coger un refresco del minifrigorífico.

—¡No andas desencaminado con lo del efecto Disney! ¡Hay algo de eso! El pensamiento mágico te permite formular ideas aunque parezcan descabelladas al principio, sin censura alguna. Es como si tuvieras una varita mágica que hubiese quitado de en medio todas las presiones y los frenos. El pensamiento mágico desbloquea la imaginación, y eso es precisamente lo que necesitamos para superar un problema o una dificultad: desbloquearnos. Para activar ese modo de pensamiento genial, el cerebro derecho debe conectar sus circuitos a un máximo de energía positiva y de espontaneidad.

Arthur parece interesado.

—¿Me enseñarás?

—Pues claro.

—Y tú, ¿eres un auténtico diestro cerebral?

—Mmm… Prefiero decir… ambidextro. En realidad, ese es el objetivo: aprender a utilizar nuestros dos cerebros y tener acceso a todas sus aptitudes. Porque compartimentarlos sería como volver a levantar el muro de Berlín y repetir la guerra Este/Oeste… ¡Un horror! Yo estoy a favor de la reunificación. Pero, más allá de eso, el trabajo sobre lo mental y las aptitudes cerebrales ocultas, distintas de las intelectuales, permite, creo yo, desarrollar la confianza en uno mismo, en la capacidad para empezar de nuevo, para encontrar las salidas. A mí me ha funcionado…

—Oyéndote tengo la impresión de que nunca tienes miedo de nada.

—¡Por supuesto que a veces tengo miedo! Los intrépiunos tienen miedo; lo que los diferencia de los demás es que siguen adelante aun «con» miedo. El miedo es absolutamente normal y acompaña todo camino de transformación. Voy a contarte una cosa: en la época en que daba muchas conferencias, me aterraba la idea de hablar en público. ¡Si me hubieras visto la cara antes de entrar en escena!

—¿Y cómo conseguiste superar ese pánico?

Voy a la máquina de café y me sirvo una gran taza humeante. Me quedo de pie, apoyado en mi mesa, y miro a Arthur por encima de la taza. Él espera la respuesta. Eso de «cómo supera uno el miedo» parece interesarle mucho.

—¡Aceptamos el miedo, Arth'! Lo conocemos. Lo invitamos con frecuencia a nuestra mesa. Le hablamos. Al principio es un desconocido. Luego, poco a poco, se vuelve más familiar. Hasta que un día se convierte en un amigo… —Arthur pone ojos de asombro. Me doy cuenta de que nunca había considerado el miedo de este modo—. Dicho sea de paso, eso está en el pensamiento de Thich Nhat Hanh.

—¿Quién es ese?

—¿Thich Nhat Hanh? Un monje budista vietnamita. Un sabio.

Le señalo a Arthur una imagen impresa del monje con

una cita suya, que está colgada detrás del armario junto a otras más. Él lee en voz alta:

—«La gente tiene grandes dificultades para abandonar sus sufrimientos. Por miedo a lo desconocido, prefieren sufrir, porque eso les resulta familiar».

Asiento antes de continuar con mi explicación.

—Porque en realidad, fíjate bien, lo que hace más daño es permanecer en el inmovilismo, en una situación que no nos favorece. ¡De ahí la importancia de atreverse! Y la intrepidez es un músculo que se trabaja. Poco a poco, uno amplía su zona de confort. En mi ejemplo de tomar la palabra en público, al principio el pánico era tal que me ponía enfermo. Pero perseveré. Me expuse gradualmente a mi miedo. Una y otra vez. Y con el tiempo fue disminuyendo. También decidí informarme activamente sobre las técnicas que pudieran ayudarme a sentirme más a gusto. Hasta que, un buen día, subí al estrado y me di cuenta de que... estaba como pez en el agua.

—¡No está nada mal la historia!

Le contesto con una amplia sonrisa. Ha captado el espíritu, me alegro.

—¿Me ayudas?

Instalamos los tres Brain-terminales en el bazar, acompañados de sus respectivos taburetes de diseño. El efecto es espléndido.

—También espero atraer público a la tienda con los BT y fidelizar a una nueva clientela, ¡además de a los jóvenes que seguro que vienen por la Tagbox!

—¡Ojalá! En cualquier caso, como estrategia de marketing es original.

—Nos defendemos… —le digo guiñándole un ojo.

Le enseño los folletos redondos impresos. En ellos hay un código flash gráfico en forma de cerebro y un eslogan:

¿Se atreverá a desafiar a su cerebro derecho?
Todos los días, en El bazar de la cebra con lunares,
acceso gratuito a los Brain-terminales.

—¡Has tirado la casa por la ventana!

—Quien algo quiere algo le cuesta, Arth'. Es mi manera de conseguir que se hable del bazar. Bueno, ¿te sientes con ánimos para recorrer la ciudad repartiendo todo esto?

Arthur coge los paquetes de folletos, los mete en su mochila y se queda un montón en la mano.

—Cuenta conmigo.

Escena 22

Opus se sienta sobre el trasero para observar el extraño comportamiento de su ama, que se mueve de un lado a otro del pequeño despacho. Está alterada y habla en un tono de voz elevado a las cuatro personas presentes, una de ellas es un señor alto que desprende un penetrante olor a naftalina y sudor seco. ¡Puaf! El humano le ha dado un trozo de papel, y Opus percibe en ella un incremento en la secreción de las partículas del estrés, lo que tiene el don de ponerle los pelos de punta. Opus, que es un canino *cool*, solo sueña con llevar una vida acompasada por paseos olfativamente interesantes, comidas apetecibles y, de manera ocasional, algunos amoríos de parque que le estremezcan la nariz y los bigotes.

Según todos los indicios, el estrés ha invadido también al bípedo alto: el hombre saca un paquete de galletas de aperitivo que a Opus le chiflan y empieza a picotear. El can levanta las orejas al oír los atrayentes crujidos del papel. Inmediatamente, el humano, que al parecer responde al nombre de Pollux, se gana su estima. Esperando que comparta con él las galletas, Opus se le acerca. El grandullón alarga la mano para ofrecerle algunas de las codiciadas exquisiteces saladas, tras lo cual le hace una sincera caricia en la parte inaccesible del cuello. Opus le da las gracias con unos alegres movimientos de cola: puede jactarse de ser un perro con buenos modales.

—¡Pollux! ¿Me escucha?

El coloso de talante amable guarda el paquete de galletas. La fiesta se ha acabado, piensa el teckel yendo a refugiarse a la otra esquina de la habitación. El ambiente no mejora. Louise está que trina.

—Cuando pienso en mi intervención del otro día en el instituto, que no solo no ha servido de nada, sino que además ha tenido el efecto inverso al esperado... ¿Lo ven? ¡Todos los adolescentes de la zona han hecho justo lo contrario de lo que les recomendé! ¡Les ha faltado tiempo para ir hasta El bazar de la cebra con lunares ese para utilizar la..., la..., la Tagbox y «grafitear», como ellos dicen, sus prendas de vestir y sus accesorios! ¡Un fracaso de nuestra asociación, vaya sí lo es! Y al alcalde se le ha metido en la cabeza seguir el asunto y me pide información... ¿Qué cara voy a poner? ¡Y ahora ese tal Basile Vega lanza unos Brain-terminales para actuar sobre los cerebros de nuestros conciudadanos! ¡Lo que nos quedaba por ver! ¡No hace falta que les explique lo escandaloso, estrafalario e incluso potencialmente peligroso que es eso! Esa clase de energúmenos no retrocede ante nada con tal de atraer la atención, y además se atreve a utilizar como emisario a ese chico ya de por sí frágil e influenciable.

Los humanos presentes se animan y se ponen a hablar todos a la vez.

—¡Un poco de silencio, por favor!

Opus se queda inmóvil.

Su ama se vuelve hacia el amable señor de las galletas saladas.

—Pollux, tú que estás familiarizado con el universo informático, creo que eres la persona más indicada para esta misión. Podrías ir hasta El bazar de la cebra con lunares y ver cómo son las tripas de esos Brain-terminales. Yo no puedo, ya me conocen. Tú puedes hacerte pasar por un cliente normal interesado en probar las máquinas y después nos haces un informe detallado... ¡Es la única manera de establecer las dimensiones del problema y calibrar el umbral de peligrosidad de esa iniciativa abracadabrante! ¿Estás de acuerdo?

El humano corpulento reflexiona un instante y todas las miradas convergen en él. Opus ya ha visto aparecer otras veces esa rojez en las mejillas de los bípedos, pero no sabe qué significa.

—De acuerdo, Louise... Si puedo ayudar a la asociación, lo haré.

Louise le dirige una sonrisa al hombre, o más bien un pequeño rictus característico que Opus conoce bien, mezcla de satisfacción teñida de irritación. La reunión se disuelve. Un asunto inquieta a Opus: ¿se acordará su ama de su comida? Confía en atraer su atención poniendo delante de sus narices su mejor cara de perro apaleado.

Escena 23

Arthur se ha pasado toda la tarde realizando graff-tattoos de accesorios sin parar. ¡Jamás había experimentado semejante sensación de entusiasmo y satisfacción combinados! Por primera vez en su vida, una actividad le hace sentirse realmente lleno, cuando hace apenas unas semanas pensaba que era imposible ser feliz trabajando. Antes de conocer a Basile, se sentía en su vida como en un cuchitril. El bazar de la cebra con lunares le ha abierto ventanas, y ahora llega un poco de luz desde su futuro. El deseo de sorprender a Basile, y de hacer que se sienta orgulloso, le da alas. Hasta ese momento, a lo largo de toda su existencia había oído a los adultos hablar de él como el campeón de los «procrastinadores» —era de mala educación decir en voz alta «gandul»— y que tenía una capacidad para no mover un dedo digna del *Guinness de los récords*. Lo cual no era completamente falso, debía reconocerlo. Pero ahora hay algo que lo estimula, que le mantiene ocupada la mente, le gusta. En el Baceblun no se reconoce: se muestra superactivo, disponible, responsable. Y mira a ese nuevo Arthur con la curiosidad estupefacta y la distancia prudente que solemos adoptar cuando nos encontramos frente a un desconocido. Sin embargo, le gusta desde ya lo que ve. Y lo que siente cuando está bajo la piel de ese «otro Arthur».

Cinco adolescentes, e incluso una señora, hacen cola aún para la Tagbox. Arthur lanza una mirada llena de agradecimiento a Basile, quien, por su parte, está trajinando con los Brain-terminales. ¡La operación folletos-códigos flash ha sido un éxito! Basile tenía razón: hay un ajetreo incesante en la tienda gracias a los BT. La gente acude para probar gratis los Brain-terminales, aprovecha para charlar un poco mientras se toma el tentempié puesto a disposición del público y luego, encantada con el espíritu del lugar, acaba encaprichándose de uno de los objetos provocadores. Arthur admira sinceramente la táctica de Basile y le profesa un gran respeto.

El respeto... Ese era el punto débil en su relación con el resto del mundo, sobre todo con los profesores. La mayoría de los que se habían cruzado en su camino no habían visto en él más que a un alumno vago y problemático. Por lo menos esa era su impresión. Una impresión pertinaz como la mugre, de la que hasta ahora no había podido deshacerse. Para esos «superiores jerárquicos escolares» —una autoridad a la que Arthur le costaba someterse porque no le reconocía una verdadera legitimidad—, no había nada que entender: Arthur era una nulidad, punto. «Carne de fracaso escolar». Un veredicto, una sentencia, una marca infamante que caía sobre el alumno y el individuo en una confusión devastadora. Arthur leía en sus ojos lo que consideraba desprecio o, cuando menos, rechazo. Molestaba. Exasperaba. No tenían ganas de ocuparse de él. Entonces ¿qué iba a hacer él? Partía con mucha desventaja para conseguir recuperarse. Sería esforzarse para nada... Arthur reconocía que no era una persona fácil. Pero ¿cómo podría explicar que la insolencia de que hacía gala en algunos momentos no era sino una protección, un caparazón para no mostrar lo mucho que le dolía sentir que lo juzgaban así? Que detrás de su máscara de chico fuerte al que nada le afecta escondía una sensibilidad a flor de piel y, en el fondo, solo esperaba una cosa: una muestra de interés, un empujoncito que quizá le diera impulso para reincorporarse a la carrera...

Arthur aparta esos pensamientos desagradables para regresar a los más jubilosos de este momento de felicidad. La puerta se abre y entra su madre. Giulia va directa hacia él con una amplia sonrisa y le da un beso. Aunque a él le encanta que se muestre afectuosa, retrocede, un poco incómodo por esa manifestación pública, sobre todo porque algunos de sus compañeros de instituto están en la tienda. Giulia se da cuenta y susurra:

—Haz como si yo no estuviera aquí.

«Va a ser durillo», piensa Arthur, aunque le conmueven los esfuerzos de su madre por ser discreta.

—He venido a ver a Basile. Ya sabes, para el proyecto.

—¿El detonador?

—¡Sí!

Giulia le desea buena suerte para el resto de la tarde y Arthur ve que ella se dirige hacia los Brain-terminales. Basile lleva un rato explicándole todas las funciones de la máquina a un tipo alto de aspecto un poco raro: por su pelo lacio y áspero da la impresión de que lleva peluca...

En cuanto Basile ve a Giulia se interrumpe y le dispensa un cálido recibimiento. Arthur se alegra de que su jefe y su madre se lleven bien. Desde hace unos días están trabajando juntos en un proyecto que pone a su madre de mejor humor, parece. ¡Solo con que pudiera estar menos tensa! No soporta notar que está siempre con los nervios a flor de piel y le preocupa verla infeliz desde la separación. Casi se alegra de la catástrofe de la comisaría: le vino bien sentir a su madre «con» él, dispuesta a defenderlo, rebosante de un amor que a veces le costaba percibir. Ese asunto le angustiaba más de lo que estaba dispuesto a reconocer. Él mismo se consideraba decepcionante a más no poder, ¿cómo iba a mostrar su madre afecto por un chaval que se ajustaba tan poco a lo que se esperaba de él?

Giulia le hace una seña con la mano. Da gusto recibir sus muestras de ánimo. Luego pone cara de sorpresa al ver al señor alto de pelo rubio. Arthur se sorprende cuando ve que se dan un par de besos. ¿Se conocen? Vaya… Arthur se pregunta de qué. Le entran ganas de acercarse para oír lo que dicen, pero en ese momento una chica se acerca a él. Es Mila. Hip-hop dentro de su pecho. Recupera la respiración y finge desenfado, pues no le apetece nada ser el primero en desvelar su *crush*. La guapa mestiza va arreglada de la cabeza a los pies, no le falta ni un detalle. A él le parece que tiene estilo, aunque piensa que no necesita cuidar tanto su aspecto. Cuando encuentra la mirada de Mila, le complace ver en ella cierto candor reconfortante. Juraría que está intimidada. Le emociona sentirla torpe frente a él, y cuando por fin abre la boca para hablarle, le gusta percibir su ligera turbación.

—¿Me harías uno de tus graff-tattoos en este bolso?

Él asiente con una amplia sonrisa y Mila le tiende un bonito bolso cubo de color gris claro. Por los famosos motivos que lleva, Arthur reconoce inmediatamente la imitación de un Louis Vuitton. Coge el precioso accesorio y conduce a Mila hacia a la cabina de la Tagbox con un montón de ideas bulléndole ya en la cabeza. Su creación con plantilla destacará superbién sobre el fondo claro. Presiente que su nivel de popularidad está a punto de dispararse…

Escena 24

Pollux vuelve a su casa invadido de sentimientos contra-
dictorios. La visita a El bazar de la cebra con lunares lo ha
trastornado. Por un lado, Louise Morteuil se alegrará:
ha conseguido una tonelada de material para alimentar su
misión de espionaje. Por otro, le inquieta no saber qué pensar de esa tienda tan distinta de las demás. Intuye que Louise
Morteuil le tiene ojeriza a ese lugar, muy insólito, demasiado marginal. Conoce su forma de proceder, y sus méto-
dos para limitar la expansión y la «capacidad de influencia» de las iniciativas creativas que lleva a cabo ese tal
Basile Vega: el lento trabajo de socavar su reputación en la
ciudad, el poder de la palabra a través de *La Dépêche du
Mont*, de la página web de Ciudadanísimo, que tiene montones de visitas, y de todas las actividades que desarrolla
para informar a los ciudadanos y guiarlos en sus elecciones. Ese papel activo es lo que, dicho sea de paso, tanto le
gustó a él al principio. Un papel con sentido, atento a las
cosas importantes de la vida cotidiana de los ciudadanos.
Un papel con cierta profundidad.

En los últimos diez años se había sentido en todo momento transparente en Olfatum. No llamaba la atención

de nadie. Nadie intentaba tejer vínculos con él. En el fondo, lo utilizaban como lo harían con una herramienta; era práctico, él los sacaba de las pesadillas informáticas. Para los perfumistas, el ordenador era un compañero de equipo vital que él mimaba. Era para ellos lo que la mano es para la prolongación de la mente. Pese a todos sus esfuerzos por socializar, lo mantenían siempre a una distancia cortés que lo apenaba. Cuando le pusieron el apodo de Pollux, como el perro de un antiguo programa infantil de la tele, hizo como si lo encontrara divertido. Para no parecer ofendido. Y porque cuando te ponen un apodo es que ya existes un poco. Sin embargo, en su fuero interno, su amor propio se resintió.

La única que se mostraba amistosa con él era Giulia. Ella no escatimaba tiempo para sonreírle, cruzar unas palabras y a veces incluso tomar juntos un café. Al principio la apreciaba. Después empezó a gustarle mucho. Luego pasó a quererla. Con el transcurso del tiempo, se convirtió para él en una especie de Venus encarnada. Una perfección soñada. Su amor se transformó en veneración muda. Proyectaba sobre ella un ideal que no encontraría nunca. Alimentaba ese amor soterrado con un fervor constante que le hacía vibrar y avivaba su necesidad de intensidad y absoluto. Nunca había logrado conservar a una mujer mucho tiempo; llevaba una vida de solterón, fiel a sus costumbres, en medio de un desorden que solo él podía soportar.

Cuando la vio entrar en El bazar de la cebra con lunares se le heló la sangre en las venas. ¿Qué hacía ella allí? Al principio se alegró de verla. Llevaba su bonito vestido rojo con elegantes y luminosos motivos en blanco y negro. Un refinado maquillaje embellecía todavía más sus facciones. Sobre todo el carmín color granada, que daba un irresistible relieve al perfil de sus labios. Tuvo que clavarse discretamente las uñas en la palma de la mano para dar salida a la tensión emocional que su aparición le había provocado. Su turbación aumentó todavía más al olerla: ¡se había perfumado! Giulia no se perfumaba nunca. Podía parecer extraño para una perfumista. Pero, al parecer, necesitaba neutralidad olfativa para que sus sentidos descansaran. Pollux reconoció notas de limón, de bergamota y de ciprés. Exquisito. Pero ¿por qué se había perfumado?

Entonces su mirada se trasladó de Giulia a Basile, de Basile a Giulia. Era más que evidente. Iba a la tienda por él. «Estamos trabajando en un proyecto...», dijo finalmente en un tono confidencial. Le reveló el secreto con un guiño divertido, pero a él no le hizo ni pizca de gracia. Los miró bien a los dos e inmediatamente sintió celos de su patente complicidad. Esa especie de sincronicidad natural, de emulación espontánea. Esos dos se lo pasaban de miedo juntos, se quitaban la palabra de la boca en su entusiasmo por charlar, se iluminaban de excitación ante la idea de avanzar en su proyecto común. La presencia de ambos en el mismo lugar hacía saltar chispas invisibles. Pero ¿se daban cuenta ellos? No. En general, las personas afortunadas son ciegas y sordas.

Basile le imprimió amablemente todos los resultados que había obtenido de los retos que el Brain-terminal le había planteado.

Su alegre afabilidad acabó poniéndolo de mal humor.

Luego, después de despedirse cortésmente, Giulia y él se metieron en el despacho-taller del altillo y lo dejaron allí plantado, solo, con su frustración en aumento y una acre y profunda sensación de vacío.

Frente a las hojas diseminadas sobre la mesa de centro, Pollux se pregunta qué le dirá a Louise Morteuil. No tiene más remedio que dar fe de que la experiencia del Brain-terminal le ha gustado. Como experto informático, reconoce que la interfaz que ha creado Basile es lúdica e ingeniosa, y los retos, tan divertidos como instructivos.

Mira el gráfico en forma de telaraña, el resultado de un test que evalúa la manera de utilizar su cerebro derecho según los cinco criterios fundamentales. De momento, sus aptitudes se encuentran en el nivel medio bajo, pero el comentario analítico está redactado de manera alentadora para suscitar el deseo de entrenarse y mejorar.

El principio del Brain-terminal es ofrecer acceso a contenidos cortos y atractivos para comprender mejor las potencialidades del cerebro derecho y el interés de utilizarlo más.

A Pollux le ha gustado mucho el pequeño profesor virtual que guía al usuario en la utilización del aparato. Se pueden desarrollar las capacidades del cerebro derecho en cinco grandes ejes.

Para empezar, la intuición.

El profesor virtual le ha explicado, mediante globos de diálogo coloreados, que la intuición no tenía nada que ver con la lógica ni con ningún proceso intelectual:

Usted «sabe» cosas sin saber cómo las sabe. Es la puerta del sexto sentido. *Feeling*, instinto, vocecita interior, olfato, premonición, guía interior, brújula interna…

El Brain-terminal te proporciona consejos prácticos para desarrollar la intuición. A Pollux se le ha quedado grabado uno:

Aprenda a escuchar lo que le dicen sus sensaciones, emociones e impresiones.

¡Pollux ignoraba que «esas cosas» pudieran hablarte!

Después se ha planteado el reto del día:

¿Y si empezara por estar realmente atento a lo que es bueno o malo para usted?

Pollux no se hacía nunca ese tipo de preguntas. Sentado en el sofá, se da cuenta por primera vez en su vida de lo alejado que está de lo que siente de verdad en su interior. Todos los días se levanta y hace lo que tiene que hacer. Se interroga lo menos posible sobre lo que siente. Sin duda, le daría demasiado miedo abrir la caja de Pandora…

No obstante, la promesa del Brain-terminal es tentadora: trabajando sobre uno mismo, por lo visto, es posible descubrir que se poseen potencialidades insospechadas, y quizá una oportunidad de buscar un camino mejor, más acertado, que favorezca más el desarrollo personal… La idea le seduce y lo trastorna a la vez. Estaba tan convencido de que nada cambiaría nunca…

Coge la hoja resumen sobre las emociones. ¡Ah! «La comprensión de las relaciones y las situaciones»… Ahí es donde ha sacado la peor puntuación. No sabe muy bien por qué existe ese bloqueo en sus relaciones con los demás. Es un poco retraído, desde luego. Pero, aparte de eso, se considera amable, servicial, conciliador. Para ser sincero, le gustaría bastante «tenerse como amigo». Entonces, ¿por qué tiene tan poco éxito en las relaciones humanas?

Sus dificultades para relacionarse le hacen sufrir, pero hasta el momento no ha tenido valor para mirar dónde duele.

Así que, un rato antes, en El bazar de la cebra con lunares, ha dejado de lado el entrenamiento emocional para centrarse en el dedicado a la creatividad.

Se ha divertido mucho con el ejercicio de nivel 1, el de los veinte circulitos, que propone transformar cada uno de ellos en algo reconocible: una cara, una cabeza de gato, el sol, una rueda, entre los más fáciles… Para encontrar veinte, ha tenido que devanarse los sesos, pero ¡que satisfacción sentir que zonas dormidas de su cerebro se estimulaban!

La parte sobre la audacia ha resultado ser igual de apasionante, en particular la cuestión de «Cómo superar los miedos para atreverse».

Pollux se siente estancado en su vida. Fosilizado en el ámbar de sus rutinas, el asunto le ha intrigado.

Dibuje los contornos de sus costumbres, los muros que rodean su zona de confort. La audacia permite empujar esos muros.

Esta idea le ha gustado.

No se pueden empujar los muros si uno no sabe por qué quiere empujarlos. Identifique sus motivaciones, serán su palanca para pasar a la acción.

Cambiar. Actuar… El cerebro de Pollux está en plena ebullición. Su vida lleva muchísimo tiempo reglada, como papel pautado. Bien ordenada, sin sorpresas. «Las vidas ordenadas no tienen cajones». Esa extraña idea aparece en su mente. Como si su inconsciente se expresara y se sublevara súbitamente contra su forma de vivir.

Pollux presiente que una reflexión profunda sobre su vida es sin duda necesaria. ¿Tal vez incluso vital?

Anote sus ideas, sus pensamientos y sus reflexiones, incluso los más extraños.

El Brain-terminal dice que es un buen comienzo para poner en marcha un proceso de transformación neuronal. El inicio de una nueva manera de pensar. Él no ve realmente la utilidad. Pero la máquina también dice que no hay que intentar comprenderlo todo ni racionalizarlo todo.

Así pues, toma nota.

«Fortalecer el cerebro derecho permite desarrollar la agudeza sensorial», le ha explicado el pequeño profesor virtual.

Usted se forma una idea del mundo a través de los cinco sentidos. Aguzarlos permite afinar su percepción de la realidad. Para conseguirlo, ejercítese en escuchar más todos los sonidos circundantes, en comer conscientemente, en mirar desde diferentes perspectivas, en notar en los dedos los sutiles cambios de textura, las variaciones de temperatura. ¡Observe la riqueza de sensaciones y percepciones!

Al permitirse estar más presente en usted mismo y en el instante, esos detectores sensoriales inyectan más vida en la vida.

«Más vida en la vida». La expresión ha marcado a Pollux. Debe de ser agradable sentir más intensamente...

Aparta las hojas, un poco cansado ya. Todas esas ideas que están haciendo surcos para abrirse camino en su mente no son algo neutro. Al final, probablemente Louise Morteuil hace bien en desconfiar de las actividades del Baceblun: la experiencia que propone Basile es cualquier cosa menos anodina. En ese preciso momento ve de nuevo fugazmente el rostro de Giulia, feliz de compartir un proyecto secreto con Basile. Y a Basile, que ha conseguido alegrarla. Solo por eso, apoyará a Louise Morteuil.

Escena 25

Giulia nota que una mano la zarandea enérgicamente. Hace un gran esfuerzo para salir de su estado comatoso y abre los ojos.

—¡Mamá! ¡Mamá! ¡Despierta! ¡Se está quemando algo en el horno! Lo he apagado, pero tienes que venir.

Giulia se levanta de un salto para ir corriendo a la cocina. Soltando un taco entre dientes, coge el primer paño que encuentra, abre la puerta del horno y retrocede de inmediato, empujada por el calor y el denso humo acre. Saca lo que debería haber sido una pizza cuatro quesos, que acaba en el cubo de la basura. Arthur ha observado la escena sin decir una sola palabra, pero Giulia sabe qué está pensando. En los últimos tiempos, se le va totalmente la olla. Trabaja en Olfatum durante el día e investiga para su proyecto personal hasta bien entrada la noche... Come, bebe y duerme con el detonador sensorial en la cabeza. Hace un rato, extenuada, tenía la intención de cerrar los ojos tan solo un momento tumbada en el sofá y... se ha dormido.

—¿Y ahora qué vamos a comer?

Un adolescente hambriento no derrocha lo que se dice empatía. Lo único que quiere es que haya algo comestible en la mesa. Y cuanto antes mejor. Giulia se siente culpable de no ser una de esas madres que dedican tiempo a preparar buenos platos, comidas «equilibradas como debe ser». Una vez más, coge la cartera y le da un billete a Arthur con un gesto de disculpa y de súplica a la vez. Él no necesita subtítulos para comprender que le ha tocado encargarse de la cena. Ningún problema. En un santiamén está en la calle, no sin antes haberse retocado el pelo ante el espejo de la entrada: no hay que confundir rapidez con precipitación.

Una vez que se ha cerrado la puerta, Giulia se deja caer en una silla y contempla sus notas esparcidas sobre la mesa y, en medio de ellas, el ordenador portátil con la batería ardiendo. Lógico, ni siquiera lo apaga.

Se ha pasado los últimos días intentando encajar las piezas de un puzle gigante: la idea del detonador sensorial, el uso modificado de los perfumes, el deseo de ayudar a la gente a recuperar estados interiores positivos gracias a un desencadenante olfativo…

Giulia se había sumergido en unos temas que apenas conocía hasta entonces, en particular lo que en psicología llaman los «estados recurso»: sentirse tranquilo, fuerte, en confianza, en paz, alegre… ¡Una paleta completa de estados interiores positivos!

Sin embargo, sabía por experiencia que los estados negativos podían imponerse rápidamente: ansiedad, pesadumbre, ira, cansancio, agitación, desánimo…

Y estaba convencida de que los perfumes podían ayudar de manera eficaz a reconectarse con sentimientos y sensaciones agradables.

Solo que con tener la intuición no era suficiente. Había que apoyarla en elementos convincentes.

Entonces sintió la necesidad de interesarse más por el funcionamiento del cerebro y aprovechar los recientes avances en materia de neurociencia. Leyó el libro de Rick Hanson *Cultiva la felicidad*. En las guardas había apuntado las ideas clave.

> Las experiencias vitales dejan huellas duraderas en nuestro cerebro e incluso tienen el poder de transformar nuestra estructura neuronal.

Una imagen cobró vida en su mente: su cerebro como una pasta de modelar a la que no se le hubiera dado forma. En cuanto a los circuitos de sus recuerdos y sus sensaciones positivas, debían de estar más enmarañados que un viejo jardín abandonado. No era de extrañar que le costara recuperarlos…

> Cuando el cerebro se centra en los acontecimientos negativos, esos acontecimientos imprimen una huella negativa duradera y condicionan negativamente nuestra percepción de la realidad.

Subrayó esta frase tres veces.

> A la inversa, centrando nuestra atención en lo positivo, se puede volver a programar en profundidad nuestro sistema de percepción y recuperar mucho más fácilmente estados interiores de calma, de confianza o de alegría.

Los recuerdos dichosos, perdidos en alguna parte de los meandros de la perezosa memoria, de pronto le parecieron a Giulia como un tesoro enterrado dentro de nosotros, el cual no capitalizamos.

Tenemos oro en el cerebro y no hacemos nada con él.

Giulia plasmó esta idea la noche anterior y en su cabeza se produjo un clic. Cuando por fin iba a dormirse, la imagen de un buscador de oro con un pico y de un tesoro que había que desenterrar apareció de repente en su mente. Inmediatamente encendió la luz para apuntar la idea: ¡el detonador sensorial haría las veces de pico para cavar en los recuerdos positivos y hacer que salieran a la superficie!

El humo de la pizza chamuscada hace toser a Giulia, que entreabre la ventana. Después vuelve al sofá y continúa leyendo con toda la concentración de la que es capaz pese al cansancio acumulado. ¡Lo que aprende a lo largo de esas páginas le parece tan razonable! Sí, está convencida: dejar el cerebro empapado de humores negativos a causa de cavilaciones sin fin o experiencias desagradables mal digeridas tiene unos efectos secundarios evidentes en la salud física y psíquica, y provoca estrés y malestar. Lee, subraya, y está a punto de anotar una idea importante cuando suena su móvil.

—Mamá, ¿qué cojo? ¿*Nems* de pollo o de cerdo?

Giulia suspira. ¿No se da cuenta de lo poquísimo que le importa eso?

—Lo que tú quieras, Arth'.

¡Aaahhh! Se le ha ido la idea. Inspira profundamente e intenta concentrarse para recordarla. ¡Ya está! ¡La tiene! Empieza a escribir cuando el móvil suena de nuevo.

—¿Agua con gas o refresco?

—¡Arthur! ¡Te he dicho que lo que quieras! ¡Lo que escojas me parecerá bien!

—¡No te pongas nerviosa!

—No me pongo nerviosa, pero…

—Pero ¿qué?

—Nada. Hasta luego.

Cuelga y se reprocha estar tan sensible. Arthur intenta hacer las cosas bien, y aun así ella pierde la paciencia. Lo cierto es que tendría todo el derecho del mundo a esperar más implicación por su parte y, para comer, algo que no fuera comida congelada o platos preparados.

No podemos continuar así…

Giulia deja caer descuidadamente el rotulador sobre la mesa. Se da cuenta de que esta noche no tiene fuerzas para seguir. Debe mirar el verdadero problema de cara: no podrá compatibilizar el trabajo en el laboratorio y sus investigaciones personales sobre el detonador sensorial. No soporta más esa impresión de estar extenuada: lo sabe, es hora de tomar decisiones. Decisiones que la comprometan. A ella y su futuro.

Arthur regresa con una gran bolsa de comida.

—¿Puedo cenar viendo la tele?

Sin esperar la respuesta, se tira en el sofá mientras abre una lata de refresco. Ella no tiene energías para soltar la habitual diatriba antiazúcar y decide ceder. «Un momento, solo un momento», piensa con una dosis de humor y autoburla canturreando para sus adentros unas estrofas de la canción de Brel «Ces gens-là».

Luego toma asiento junto a su hijo para disfrutar de la cena frente a la tele y, con una felicidad que no ha sentido desde hace mucho tiempo, por fin «se deja llevar».

Escena 26

«¡Basile, enfadarte no sirve de nada!», me digo apretando los puños al pasar por delante del espacio vacío que antes ocupaban los Brain-terminales. No se me pasa el cabreo. Ocho días después del incidente, todavía estoy indignado por la intervención del ayuntamiento.

Un agente judicial encargado de controlar las actividades del establecimiento se presentó en el Baceblun, a raíz de una denuncia anónima en la que se exponían varias quejas. Por más que protesté, el agente aplicó el procedimiento.

—Se trata de una investigación reglamentaria, señor Vega. Nuestra misión es garantizar la seguridad de nuestros electores y velar por la tranquilidad pública.

El agente expuso los hechos y sacó a relucir el desastroso incidente acaecido dos semanas antes, cuando, en plena actividad de un venturoso sábado, una madre furiosa se había presentado en el bazar y había armado un escándalo, arrastrando tras de sí a su avergonzada hija y agitando un bolso Louis Vuitton auténtico, estropeado por un grafftattoo de Arthur.

La madre gritó, gesticuló e incluso puso a los presentes por testigos. Arthur reconoció inmediatamente su error y pidió disculpas sin rodeos: por supuesto, no pensaba que el bolso fuera de marca, sino una imitación. La madre, indignada y totalmente descontrolada, lo puso de vuelta y media. ¡Un bolso de dos mil seiscientos euros, que le había regalado su esposo por su décimo aniversario de boda! Yo también recibí una buena bronca, pero lo que más me dolió fue la acusación de que ejercía una mala influencia en los jóvenes.

Me vi tachado de irresponsable, de nocivo, de espécimen peligroso. Por supuesto, la mujer ofendida aconsejó a voces a todas las personas presentes que no pusieran nunca más los pies en la tienda. Una catástrofe para la imagen del Baceblun, que se quedó vacío en cuestión de minutos. La madre reclamó, por descontado, una indemnización por el importe total del bolso. Dos mil seiscientos euros perdidos sin más ni más por un tag que valía quince euros. Eso me puso enfermo.

El hecho de haber contratado a un chico que había tenido problemas con la justicia y haber desarrollado con él una actividad de grafitero era considerado una afrenta al ayuntamiento y en absoluto hablaba en mi favor.

Así que era casi lógico que en la denuncia se hubieran incluido también los Brain-terminales, sospechosos de ejercer potencialmente una mala influencia en las jóvenes mentes ingenuas e influenciables.

El agente encargado de la investigación de seguridad hacía hincapié en que era bastante imprudente permitir el acceso libre a los BT. En cualquier caso, el ayuntamiento quería cerciorarse de la moralidad de su contenido y verificar el control de la edad autorizada de los usuarios, como se hacía con las películas y los videojuegos con los pictogramas – 10, – 12, – 16 y – 18.

—Pero... ¡ahí adentro no hay absolutamente nada peligroso, se lo aseguro! —me defendí.

El agente permaneció impasible.

—Nada deseo más que creerle, señor Vega, pero debemos comprobarlo. Vamos a proceder a investigar su contenido para redactar un informe, que después será estudiado por una comisión que decidirá si estas máquinas son peligrosas o no. Si las consideran inofensivas, se le devolverán y solo tendrá que respetar las normas de acceso que se le impongan.

—Pero... ¿cuánto tiempo tardarán?

Ni que decir tiene que el agente se mostró evasivo sobre los plazos establecidos, y vi cómo se llevaban las tres BT en una furgoneta de la prefectura con la certeza de que pasarían semanas antes de que volviera a verlas. A través de Arthur me llegaron noticias del efecto en los habitantes del municipio de esa mala publicidad. Compañeros del instituto le contaron que sus padres les habían prohibido poner los pies en el establecimiento. Y, efectivamente, desde entonces la Tagbox estaba inactiva. En cuanto a Arthur, se sentía tremendamente culpable, y yo tenía la impresión de haber perdido el beneficio de semanas de esfuerzos para subirle la moral y motivarlo. Creo que eso es lo que más me cabreaba: ver de nuevo al Arthur del pasado, al chico taciturno y desilusionado del principio.

A estos sinsabores se añadía una inquietud suplementaria que podía parecer insignificante, pero que me enervaba: mi relación con Audrey. Era una chica rebosante de frescura, y yo apreciaba los ratos que pasábamos juntos. Sin embargo, estaba preocupado porque notaba que me estaba tomando más apego del que yo habría deseado. Me sentía culpable por no ser capaz de ofrecerle lo que ella esperaba.

Mis manos se tensan en el fondo de los bolsillos, esperando que esta marcha rápida por las calles de Mont-Venus aplaque mi agitación. Recibo un mensaje de Audrey. El segundo esta mañana. Lo leo. Me gusta, pero me da miedo. El peso de sus expectativas se cierra como un nudo corredizo alrededor de mi cuello. Presiento confusamente que es algo que no me apetece. La libertad es mi valor primordial. Le tengo cariño a Audrey. Pero no hay nada más terrible que simplemente «tenerle cariño» a tu amante.

Guardo el móvil en el bolsillo. Le contestaré más tarde. Me apresuro. He quedado con Giulia. Participar en su proyecto me despeja la cabeza. Incluso me entusiasma. Presiento que sigue una pista interesante, y a mí me resulta muy gratificante ayudarla a que sus ideas eclosionen. Sí, esa es la palabra, «gratificante». Pensando en ella me viene a la mente una expresión: «encuentro sílex». Es justo eso. Con ella me animo. Me inspira y provoca en mí una reacción casi química que no me explico del todo. ¿Es excitación? ¿Un encaprichamiento? ¿El deseo de medirme con un *alter ego*? ¿De superarme para existir ante sus ojos?

¿Por qué no sucede lo mismo con Audrey, pese a que es encantadora, inteligente, adorable…? ¿Por qué hay ese «algo más» en Giulia y no en ella?

Por la calle, me cruzo con algunas personas que me lanzan miradas de reojo. ¡La ventaja de todos estos incidentes es que, pese a todo, han contribuido a que los habitantes de la ciudad me conozcan! «Ver lo positivo, ver lo positivo», me repito para intentar convencerme.

Veo a Giulia a través de la ventana de la cafetería. Está inclinada sobre sus notas. Se le ha soltado del pasador un mechón rebelde y ella intenta que quede retenido detrás de la oreja. Un esfuerzo vano. Eso me hace sonreír. Ella levanta los ojos y me ve, me dirige un saludo alegre y me hace una seña para indicarme que entre. Me llama la atención el aire de familia con Arthur. Los dos tienen algo que me conmueve. Estoy sorprendido por el afecto instintivo que despiertan en mí. Empujo la puerta de la cafetería para reunirme con ella.

—¡Da gusto ver gente de buen humor! —exclama el camarero cuando deja delante de nosotros los cafés.

Ninguno de los dos se había dado cuenta de la expresión jubilosa de nuestros rostros.

Escena 27

Giulia está feliz de encontrarse con Basile. Le está muy agradecida por el papel determinante que ha desempeñado en su proyecto y por los clics que ha provocado en su mente.

Sin embargo, esta mañana percibe en él un estado de ánimo desacostumbrado. Cuando se lo menciona, Basile le cuenta sin dudarlo sus problemas con el ayuntamiento. Ella se indigna. Le parece muy injusto. Es verdad que al principio era un poco escéptica en lo que respecta al concepto de El bazar de la cebra con lunares, consciente de que la idea de una «tienda conductista» podía incomodar, desconcertar. Pero ¿no era justo eso lo que la dotaba de interés?

Ella misma estaba cada vez más cansada del aspecto uniformizado y con frecuencia plano del pensamiento precocinado: los programas, los contenidos, las modas y todo lo demás tenían tendencia a dictar una manera de pensar, de comer, de vivir monolítica. En medio de todo eso, un cúmulo de exhortaciones al bienestar y la felicidad que acababan resultando exasperantes, incluso culpabilizadoras...

Giulia no estaba a la altura de «lo que se supone que hay que hacer» para encajar en los criterios actuales que cumplen las personas felices y equilibradas. ¿Cómo reconocer en voz alta, por ejemplo, que nunca había conseguido hacer yoga porque era incapaz de permanecer quieta? ¿O confesar que no le gustaba ni la quinoa ni el bulgur y que los encontraba insípidos, pese a sus virtudes para la salud? ¿O admitir ante quien quisiera escucharla que no, que ella no hacía el amor tres veces a la semana como se afirmaba en las revistas femeninas? ¡Había que tener al menos un compañero para eso!

Giulia se da cuenta de que Basile ha dejado de hablar y la mira sonriendo con indulgencia.

—No me estabas escuchando.

—¡Pues claro que sí!

Es verdad, no le estaba escuchando. Por un instante, se había distraído con la geografía de su rostro. Ya no era a él a quien miraba, sino un paisaje vivo. El movimiento de los labios que mecen como la contemplación de un río apaciguador, el relieve majestuoso de la nariz como un arrecife, la barba juvenil que se adivina tierna como la hierba, el resplandor de los ojos como una moneda perdida que brilla en el fondo del agua…

Las tiene a menudo, este tipo de ensoñaciones. De repente, sus sentidos la transportan y ella deja de controlar el movimiento. Una sensibilidad exacerbada de todos los sentidos. El del olfato a la cabeza.

—¡Ah! Ya estás de vuelta. Por un momento te había perdido…

—Perdón.

No parece que lo lamente. Se diría que más bien que le divierte. Giulia espera que no se haya percatado de su observación muda. Aunque, después de todo, no tiene ninguna importancia.

—Tengo una buena noticia.

—¿Ah, sí?

—Mi empresa ha aprobado mi solicitud de reducción de jornada.

Basile la felicita. Giulia no necesita explicárselo. Él comprende de inmediato que eso es una muestra de la importancia que ella otorga a su proyecto de detonador sensorial.

—Es un buen primer paso, ¿verdad? Tendré más tiempo para mis investigaciones y avanzar de verdad...

—¡Sí! ¡Y a lo mejor dejas de quemar las pizzas!

Giulia se sonroja.

—¡Ah!, Arthur te lo ha contado... Es que llevaba algún tiempo durmiendo poco. La situación se estaba volviendo insostenible...

Giulia guarda silencio sobre lo que le preocupa: lo que iba a ganar en comodidad laboral, iba a perderlo en poder adquisitivo, y llegar a fin de mes podía ser difícil con el sueldo recortado. Tenía miedo, pero aun así era otra cosa lo que prevalecía: la sensación embriagadora de atreverse por fin a buscar el cambio, de ir a donde su talento adquiriera todo su sentido, su utilidad, su dimensión... ¿Pagaría el precio de su audacia? Tal vez, pero ¿puede decirse que uno ha vivido si no se ha arriesgado?

Basile inclina la cabeza para ver las notas de Giulia.

—Veo que has avanzado.

—Sí, aunque todavía no sé qué forma adoptará el objeto. Lo que es seguro es que no se trata de un proceso pasivo de relajación en el que uno se libera de tensiones gracias a los perfumes, sino de un proceso activo y regular a fin de que, día tras día, los recuerdos positivos afloren a la conciencia con la ayuda de los perfumes y se desencadenen las reminiscencias.

—¿Y qué hay que hacer luego con esos recuerdos positivos?

—¡Anotarlos cuidadosamente en un cuaderno de bitácora memorístico! Releerlos, impregnarse de ellos a fin de que revivan en nuestro interior los estados recurso positivos que tuvieron la virtud de generar.

—Lo cual tiene como efecto...

—¡Reprogramar el cerebro en positivo de forma duradera! Me dan ganas de llamarlo el método «cuanto más, más». Cuanto más practicas con el detonador sensorial, más ejercitas el cerebro en sacarle partido a lo positivo. Balance: ¡cada vez resulta más fácil acceder a un estado interior positivo y sereno!

Basile hojea mi libro sobre el cerebro de la felicidad y me pregunta cómo veo la cuestión de la propulsión de los perfumes.

—Le he dado vueltas a ese asunto. Técnicamente, sería demasiado complicado insertar en un pequeño objeto personal el número de cartuchos suficiente para proponer cientos de olores específicos...

—¿Entonces...?

Noto que está pendiente de mis labios, y su insaciable curiosidad por la resolución de problemas me hace sonreír.

—Pues he decidido sortear la dificultad proponiendo solo una docena de cartuchos olfativos lo suficientemente potentes para embarcar a cada persona en sus recuerdos personales. Eso equivale a concebir, no unos perfumes precisos restrictivos en términos de recuerdo, como el del chocolate o el monoi, sino más bien ambientes evocadores capaces de suscitar reminiscencias en todo el mundo, más fáciles de apropiarse.

—¡Genial! ¿Tienes ya algunas propuestas?

—Por supuesto.

Giulia saca sus hojas impresas con una pizca de ansiedad, un ligero nerviosismo en el momento de desvelar el fruto de sus investigaciones.

—Solo son las primeras pruebas, ¡sé indulgente! —La mirada tranquilizadora de Basile la invita a lanzarse sin temor. Le explica la mecánica del detonador sensorial a partir de sus hallazgos de ambientes memorísticos—: Por ejemplo, para acceder a un estado de «seguridad interior», la gente podría buscar los momentos de la vida en los que se ha sentido «segura y serena» seleccionando el ambiente «Burbuja primera edad» como desencadenante olfativo, con suaves notas de talco, champú para bebé... O bien, para acceder a un estado interior de «paz y alegría», buscar recuerdos positivos a partir de evocaciones de la naturaleza en el ambiente «Yeti feliz», con notas de pino y bálsamo labial; «Ánimo de gaviota» en la variante mar, con notas marinas de gotas de espuma y yodo; «Color azul profundo» en la variante Mediterráneo, con toques de matorral y de aceite solar; «Murmullo al oído de los árboles» en la variante bosque, con evocaciones boscosas, de musgo, de setas, de humo de fuego de chimenea...

—¡Me encantan los nombres!

Giulia ve entusiasmo en los ojos de Basile y un suave calor le sube a las mejillas. «Le gusta», constata con un placer tan intenso que le sorprende.

—Pensaba en montones de posibilidades más trazando el mapa mental de todos los tipos de momentos felices de la existencia: los vividos con seres queridos, que el ambiente «Festín festivo» podría encarnar, o también «Corazón desbocado» para las épocas de enamoramiento apasionado, con notas chispeantes de ámbar, almizcle o azucena, quizá incluso unas gotas de jengibre y, por qué no, ¡un toque olfativo de chocolate, muy sorprendente!

Levanta los ojos del papel para encontrar la mirada cálida de Basile y, como sucede cada vez más a menudo, siente que ese breve contacto visual hace saltar chispas entre ellos. Eso la anima a continuar.

—Pero tal vez lo más audaz sería encontrar la evocación pura del Hombre y la Mujer. —Basile parece desconcertado y ella se explica—: Cuando no me sentía muy a gusto con mi vida y era presa de las dudas, el desánimo y la lasitud, creo que me habría gustado, y me habría ayudado, poder recuperar los recuerdos felices que viví con hombres que fueron importantes para mí, que supieron darme fuerza y confianza… Me apetece buscar lo que puede componer la esencia de una evocación así y elaborar una fragancia única para encarnar lo Masculino y lo Femenino.

—Me gusta mucho, Giulia. Gracias.

—¿Gracias por qué? —pregunta ella, sorprendida.

—Por haber devuelto la sonrisa a mi jornada.

—¿La sonrisa?

—Sí. Hay mucha frescura en tus propuestas, y eso sienta bien.

—¡Ah! El placer es mío, en ese caso.

—Es compartido.

Pasa un ángel. El teléfono de Basile suena. Giulia ve el nombre de Audrey en la pantalla. Siente una ligera irritación, pero no lo demuestra.

—Contesta, si quieres.

—No, llamaré más tarde. —Basile sonríe, distendido—. ¡Ahora habrá que buscarle una forma a ese detonador!

—Sí... ¡Y la verdad es que ese no es mi punto fuerte!

—¿Me dejas que te guíe en la ideación?

—¿La qué?

—La ideación. Es el proceso creativo de producción y desarrollo de nuevas ideas. Abarca todas las etapas, desde la innovación hasta el desarrollo y la concreción del concepto. ¿Aceptas?

Giulia no lo duda. ¿Es su intuición la que, desde el principio, le dice que confíe en ese hombre sin hacerse demasiadas preguntas? Le tiende la mano para sellar su acuerdo. Él se la estrecha y la mantiene en la suya como si con ello quisiera garantizarle que ha tomado la decisión correcta. A Giulia le gustaría adivinarle el pensamiento para saber qué forma de diseño imagina para el detonador sensorial. Y de paso, quizá, descubrir también lo que piensa de ella...

Escena 28

Cuando llego al número 239 de la calle Brossolette, levanto la aldaba y doy tres fuertes golpes; no hay timbre. Oigo que alguien se acerca arrastrando los pies.

—Ah, Basile, entra. Me alegro de verte. ¿Cómo te van las cosas?

Cuando regresé a Mont-Venus, me puse en contacto con los vendedores y los comerciantes de la ciudad, en particular con Lucien. ¡Nos entendíamos a las mil maravillas! Oficialmente, él era anticuario, aunque «revoltijo de todo tipo de objetos usados» parecía más apropiado para describir lo que vendía. Su almacén reconvertido y remodelado tenía un encanto increíble, y en él ofrecía una sorprendente mezcla de cachivaches y tesoros. Era una cueva de Alí Babá para los espíritus curiosos; solo había que saber buscar.

«Espero que vengan todos», pienso, preocupado por que esta sesión creativa se desarrolle de manera favorable. Para que una tormenta de ideas sea un éxito, es conveniente reunir a personas de perfiles variados. En ese aspecto, estamos bien servidos. ¡Las personalidades y las sensibilidades escogidas son a cuál más distinta!

Giulia y Arthur llegan los primeros. Nos saludamos de

manera poco natural, con esa contención que caracteriza las relaciones todavía verdes y que de momento nos impide manifestar abiertamente la emoción que nos produce volver a vernos. Me alegro de que Arthur se preste al juego uniéndose a nosotros. Cuando le doy las gracias, gruñe mascullando que no hay de qué… ¡Ah, la encantadora idiosincrasia de la adolescencia!

Poco después aparece Audrey, con las mejillas arreboladas por haber venido deprisa. Saluda con un beso en la mejilla a Giulia y a Arthur, y deposita otro en mis labios, al que no respondo para que los otros no se sienten incómodos.

—¡Solo falta Pollux!

Cuando hablé de invitar a personas de horizontes muy distintos para enriquecer esta sesión de creatividad, Giulia propuso a su compañero de trabajo, al que yo conocí en El bazar de la cebra con lunares. Me acordaba de él: mostró una gran curiosidad por los Brain-terminales. Su participación sin duda aportará algo interesante. Pollux llega, se disculpa por el retraso, nos da un abrazo a cada uno con su energía de coloso torpón y nos obsequia con una sonrisa llena de entusiasmo.

—¡Bueno, ya podemos empezar!

Audrey se ha sentado al lado de Giulia, me pregunto cómo se llevarán. Por el momento, yo diría que están en una fase de observación mutua. Habría jurado que he visto a Giulia inclinarse imperceptiblemente hacia Audrey y olerla con discreción como si quisiera tener una «impresión olfativa» de ella, cuando la mayor parte de la gente se conforma con una «impresión visual». Ya había observado en Giulia esa manera personalísima y original de formarse una idea de las personas escaneando su esencia…

Giulia detecta mi mirada y yo miro para otro lado.

Lucien ha puesto a nuestra disposición su trastienda, donde hay una gran mesa de madera rústica, perfecta para extender nuestros hallazgos y bosquejos a medida que avance la sesión. He venido temprano a fin de crear un ambiente cálido e inspirador: tarros de caramelos para despertar las almas de niño más sepultadas, velas para encender la llama de la inspiración, papel y rotuladores de todos los colores, zumos de fruta frescos y vasos con sombrillas multicolores, y, por supuesto, el termo de café cuyo aroma sutil penetra agradablemente en las fosas nasales. El clima es primordial.

Mientras cada uno se sirve lo que más le apetece con expresión alegre, recuerdo la razón de nuestra presencia allí: imaginar una forma original para dar cuerpo al «detonador sensorial, un objeto desencadenante de ambientes olfativos activos, que facilite el acceso a nuestros recuerdos positivos enterrados y cultive un estado interior prolongado más sereno y feliz».

Expongo los perfiles de la reunión creativa. Giulia y yo nos habíamos puesto previamente de acuerdo: deseábamos un objeto que se saliera de los códigos tradicionales del zen y el bienestar, con un toque mágico u onírico favorable a la evasión.

Puesto que la vocación del detonador era incitar a la gente a crear un ritual memorístico, me parecía interesante concebir el aparato con ese pequeño aspecto mágico-sagrado. Después de todo, desde las tribus primitivas, el hombre siempre ha necesitado accesorios simbólicos fuertes para afianzar sus ceremoniales.

Giulia explica brevemente su método del «cuanto más, más».

—Es en cierto modo el mismo mecanismo que recordar los sueños. Cuanta menos costumbre tenemos de recordarlos, menos nos vienen a la memoria... ¡Lo mismo sucede con los recuerdos positivos! Cuanto más rememoramos los momentos de alegría, de calma, de confianza, más reestructuramos positivamente nuestro cerebro. ¡El beneficio a medio plazo es inmenso! La persona mejora de forma duradera sus recursos y su atmósfera interior. Es el poder de la mente...

Los reunidos en torno a la mesa parecen cautivados. Ahora me corresponde a mí guiar adecuadamente lo que viene a continuación.

—Gracias, Giulia. Ya conocéis el núcleo del proyecto. Huelga decir que lo que compartamos aquí quedará entre nosotros y que de momento se trata de información confidencial. Os agradecemos vuestra participación y, por supuesto, estaremos encantados de ofreceros una legítima contrapartida cuando el proyecto salga adelante.

—Vale, ¿y qué tenemos que hacer? —interrumpe Arthur, impaciente por pasar a la acción.

—Vais a deambular entre el batiburrillo de Lucien durante treinta minutos y a reunir los objetos que os digan algo. Objetos singulares, evocadores, simbólicos o que os inspiren ideas relacionadas con el detonador sensorial, por descabelladas que sean. ¡Suerte en la búsqueda del tesoro!

Me divierto viéndolos explorar el almacén. Pollux, pegado a Giulia, le enseña sus propuestas cada tres metros. «Amable pero plasta», pienso. Para darle un respiro a Giulia, atraigo a Pollux hacia donde yo estoy para mostrarle mis hallazgos. Me da la impresión de que se aleja de ella de mala gana. No puedo reprochárselo, yo también continúo observándola de reojo con discreción mientras me pregunto qué va a hallar en este caos... Cuando vuelvo la cabeza, me encuentro cara a cara con Audrey. Su mirada me deja helado. La conozco bien: es la mirada del reproche a punto de manifestarse. Tomo conciencia de que casi no le he prestado atención desde que ha llegado. Le pongo remedio de inmediato e intento mitigar la tensión.

—¿Cómo va? ¿Has descubierto cosas interesantes?

Me enseña una versión antigua del juego de los palillos y una edición de coleccionista del primer volumen de *Harry Potter*.

—Como has mencionado la magia...

—¡Buena idea, Audrey!

Soy sincero, pero ella parece que se cree mi cumplido solo a medias.

Al cabo de media hora doy la señal que pone fin a la búsqueda. Volvemos a la trastienda con los cestos llenos de objetos más o menos insólitos, como mínimo heterogéneos.

—¡Pongámoslos todos en el centro de la mesa!

Antes de comenzar la sesión, les recuerdo el abecé del estado mental creativo que esta exige:

Actitud OPEN:
Ocurrente, Positiva, Estimulante, Novedosa

—Toda actitud crítica y negativa debe quedarse en el armario porque es una postura ideicida, la mejor manera de matar las ideas en el huevo. Por el contrario, no debéis tener miedo de decir cualquier cosa que os pase por la cabeza, pues suele ser dando un rodeo por pensamientos no elaborados e incluso absurdos como emergen las auténticas buenas ideas.

Esta regla del juego parece ser del gusto de Arthur.

—¡Lástima que no podamos aplicar esta técnica en el colegio! ¡Las clases serían menos co...!

Se muerde la lengua antes de que su madre salte.

—Cada uno presentará sus objetos, y todos participaremos en una lluvia de ideas a fin de considerar un posible cambio de uso del objeto en cuestión con vistas al detonador sensorial, o para que nos conduzcan a otras ideas...

Audrey se lanza explicando que los palillos le hacen pensar en las tiras olfativas que se utilizan para probar los perfumes.

—¿Podría funcionar el detonador sensorial como un juego? Extraeríamos un palillo perfumado con un ambiente evocador y nos dejaríamos transportar por un recuerdo.

—¡Fantástico! —digo, y anoto la propuesta en un pósit gigante—. Y el *Harry Potter*, ¿por qué lo has elegido?

—Cuando leí el libro, me encantaron las grageas sorpresa de Bertie Bott, y he pensado que podríamos inspirarnos en ese principio y crear un sistema de ambientes olfativos «sorpresa».

—¡Muy interesante! Gracias, Audrey.

Pollux ha encontrado una impresora 3D.

—¡Quizá se podrían imprimir olores, ¿no?!

El grupo se troncha de risa.

—¡No os riais! Es una inspiración excelente. ¿Sabes que eso ya existe?

En tres clics, resumo el concepto de Smell-O-Gram, ideado por un estudiante chino que se llama Zhu Jingxuan: esa impresora alimentaria, que cabe en una mano, capta el olor que se le da, lo digitaliza, lo codifica y luego sintetiza un olor que se corresponde con tintas de aromas contenidas en el aparato. Después existe la posibilidad de imprimir el olor en una tarjeta de papel.

—¡Increíble!

Le recuerdo al grupo lo interesantes que son, para encontrar ideas creativas, los motores de búsqueda que exploran por palabras clave, cosa que ya se hace en todas partes.

Le toca a Arthur presentar sus hallazgos. Saca una linterna de historias de Moulin Roty, con tres discos, que proyecta imágenes en el techo o en la pared de los dormitorios infantiles. «¡Qué ingenioso!», pienso... Luego un visualizador View Master rojo y sus discos giratorios, que pasan las diapositivas de una historia en 3D por el interior de las gafas.

—No sé si esto puede llevar a algo, pero me ha gustado mucho el *look* vintage. Y como con el detonador se trata de ir en busca de los recuerdos enterrados, me ha parecido interesante el aspecto «regreso al pasado».

Arthur ha comprendido estupendamente los mecanismos creativos. Me sorprendo sintiéndome orgulloso de él, de mi «pupilo», pienso divertido. Sin embargo, se diría que él no es consciente de su creatividad y prosigue su presentación con una flema enternecedora.

Ahora muestra un caleidoscopio muy bonito de latón pulido, espejos ópticos, piedras naturales y cuentas de vidrio transparentes.

—A mí me parece que el caleidoscopio evoca una atmósfera propicia a la ensoñación, ¡y como objeto es bastante mágico! Además, su forma me recuerda a un catalejo, lo que puede estar bien para el viaje sensorial.

Sus hallazgos y sus reflexiones nos dejan a todos atónitos. Todavía no sé cómo vamos a utilizarlas, pero sus ideas tienen potencial. Ahora le toca a Giulia tomar la palabra.

—¡Yo he encontrado esto!

Encima de la mesa hay un objeto precioso de metal dorado y de unos quince centímetros de largo. Sobre una serie de cinco anillos están dispuestas unas letras grabadas en una superficie de un material semejante al nácar blanco. Reconozco de inmediato esa réplica.

—¡Es el criptex inspirado en Leonardo da Vinci! Bueno… «criptex» es la palabra que se inventó el novelista Dan Brown para denominar este objeto en *El código Da Vinci*.

Todos me miran como si fuese de otro planeta.

—¿Cómo lo sabes? —pregunta Arthur, estupefacto.

—Este artilugio siempre me ha fascinado. Funciona como un candado con código donde esconder información secreta…

—¿Qué vamos a hacer ahora con este mogollón de ideas? —interviene Pollux, con la expresión de quien no sabe cómo sacar algo útil de todo eso.

—Ahora lo verás, Pollux… La segunda fase puede empezar: vamos a cruzar las ideas, a relacionarlas, confrontarlas, combinarlas, retorcerlas y probarlas, en resumen, a frotarlas hasta ver qué sale de ellas...

—¿Como si fueran la lámpara de Aladino?

—Exacto, Arthur, como si fueran la lámpara de Aladino.

Escena 29

Pollux se desveló esa noche, cosa rara en él. Eran las cuatro de la mañana, imposible volver a conciliar el sueño. No ha parado de pensar en el día anterior, en esa sesión de creación cooperativa en la tienda de Lulu que le ha dado una inesperada bocanada de oxígeno, de placer, de distracción social. Era la primera vez que le proponían una aventura como esa. Recordaba la cara de Giulia cuando fue a pedirle que participara en la lluvia de ideas para su proyecto secreto. ¿Llegaría a saber algún día lo mucho que esa petición le había emocionado? ¿Lo encantador que le había parecido que casi se disculpara por recurrir a él y disponer de su tiempo sin una contrapartida? Normalmente a nadie le preocupaba abusar de su buena voluntad.

Lo más doloroso había sido encontrar a Basile brillante y simpático. Incluso se había mostrado amistoso con él.

A Pollux le duele la cabeza. Se levanta con un sentimiento de culpa que lo reconcome. Su doble juego le pesa y tiene mala conciencia. A partir de ahora, perjudicar a El bazar de la cebra con lunares equivale, indirectamente, a perjudicar a Giulia.

Ha quedado esa mañana con Louise Morteuil antes de ir a trabajar. Ella aún no está al corriente del proyecto de detonador sensorial. Tener conocimiento sobre eso le proporcionaría un material valioso para proseguir la labor de zapa contra El bazar de la cebra con lunares.

Pollux ya no sabe muy bien qué quiere hacer.

Cuando llega al edificio donde está la sede de Ciudadanísimo, se detiene y respira hondo. Está nervioso. Encuentra a Louise Morteuil ya al pie del cañón. Parece de excelente humor, acaba de hablar por teléfono con el servicio del ayuntamiento que tiene los Brain-terminales en el almacén. Louise se las ha arreglado para que el proceso se alargue, la fecha para la intervención del experto ni siquiera se ha fijado aún.

—¡Ah, hola, Pollux! Llegas en el momento adecuado. Quiero hacerte unas preguntas sobre esas máquinas para acabar de escribir el artículo…

—¿Estás escribiendo un artículo? ¿Para *La Dépêche du Mont*?

Ella lo mira con sus aires de superioridad, una expresión altanera que él conoce de sobra.

—Pues claro, ese es el objetivo, Pollux. Lo publicaré a la vez en *La Dépêche* y en la página web de Ciudadanísimo. La población debe estar informada de lo que ha pasado en El bazar de la cebra con lunares: el altercado con esa pobre mujer a la que le han echado a perder el bolso de marca con un horrible tag; ese jovencito, Arthur, animado a dedicarse a su reprobable afición al grafiti por el tal Basile Vega, con esa estúpida idea de la Tagbox… ¡Y esos Brain-terminales, peligrosamente experimentales, cuyos efectos sobre el cerebro ni siquiera sabemos qué alcance tienen y que es absolutamente preciso poner fuera de circulación!

Louise empuja hacia arriba con nerviosismo las gafas redondas de montura roja sobre su nariz puntiaguda y se pone a teclear febrilmente. Continúa hablándole sin apartar los ojos de la pantalla.

—También quiero que añadas El bazar de la cebra con lunares en el apartado de comercios indeseables de la página web de Ciudadanísimo.

Está tan acostumbrada a que ejecuten sus órdenes que ni siquiera espera respuesta.

Louise Morteuil había encargado la creación de ese apartado para incluir una lista de las tiendas y los servicios del municipio sospechosos o censurables según los criterios predilectos de su asociación: tipo de gente que frecuentaba el local, limpieza, moralidad, peligrosidad para la juventud...

En consecuencia, figuraban allí unos cuantos bares, tiendas de videojuegos y, por supuesto, la de juguetes eróticos, pero también el local de tatuajes y ahora el Baceblun.

La página web proponía debates de fondo sobre la educación y el civismo, y tenía un éxito indudable. Su vocación era iluminar, alertar, proporcionar información facilitada por especialistas en psicología, en salud y en educación. Destapar el peligro de las adicciones, de las pantallas, de la marginalidad... Los artículos publicados insistían incansablemente en las necesidades y los méritos de las normas, los marcos y los límites.

¿Quién podía contradecirlo?

Sin embargo, Pollux no lo veía tan claro. A veces tenía la impresión de que los temas habían acabado mezclándose. Se sentía dividido. A fin de cuentas, ¿no era una estupidez contraponer de ese modo la necesidad de un marco y unas reglas a la de ser audaz y arriesgarse, defender el interés de la disciplina y el trabajo contra la apertura de mente y la creatividad? ¿Era necesario enfrentar las dos teorías o, por el contrario, reconciliarlas a fin de vislumbrar un planteamiento más beneficioso para el individuo? La cultura de la audacia no repudia en absoluto el sentido del esfuerzo y del rigor.

Al principio, la iniciativa de Louise encontró eco en él. Sus numerosas acciones en pro de la ciudad le impresionaron, y consideró provechoso para Mont-Venus que alguien garantizara una vigilancia activa de la calidad, la seguridad o la moralidad de los comercios y los servicios.

A Louise le gustaba delimitar marcos. Pero ¿hasta dónde llegaría su celo?

En lo concerniente a El bazar de la cebra con lunares, Pollux albergaba sinceras dudas. ¿Era realmente el concepto de la tienda perjudicial y criticable? Basile Vega proponía ideas desconcertantes, desde luego, pero ¿era esa una razón para temer su enfoque, que, al fin y al cabo, no hacía más que alentar a la reflexión y activar la toma de conciencia?

Pollux había sentido verdadero entusiasmo con el trabajo de creatividad en grupo. ¿Dónde estaría en ese momento si hubiera seguido sus deseos y aspiraciones, en lugar de dejarse anquilosar por sus miedos y por las presiones de su entorno, que lo habían incitado a escoger la prudencia de una profesión que, pese a no ser apasionante, le garantizaba un nivel de vida digno, aunque en el fondo de su ser...?

—¡Pollux! ¿Se puede saber qué te pasa? Deberías to-
marte un café, tienes cara de cansado.

Es la manera cortés de Louise de pedirle que se ponga a
trabajar. En ese momento, Pollux toma una decisión: no
hablarle de su participación en el proyecto de Giulia. Después de todo, eso es cosa suya. Le fastidia que esté tan
unida a Basile, la complicidad que vio entre ambos no le
gusta, pero no quiere hacer nada que pueda perjudicarla.
Y si el detonador sensorial le proporciona oportunidades
de verla más, no va a renunciar a ellas.

Escena 30

Una luz blanca, intensa, me deslumbra e intento protegerme los ojos con el brazo. Cuando el resplandor se atenúa un poco, avanzo por un túnel con aspecto de tobogán. Al principio es bastante plano, luego se inclina y me deslizo por él sin control. Bajo cada vez más deprisa y me parece distinguir una salida. De un hilo cuelga un objeto. No lo identifico y me concentro para ver de qué se trata. A un metro de él, intento frenar presionando las paredes con los pies y las manos para tener tiempo de observarlo. Todo es confuso, pero siento que la solución que busco está ahí. ¡Cerquísima! Lucho contra el poder de la pendiente que me arrastra. Paso muy cerca del objeto. De pronto se produce una desaceleración. En un ambiente de increíble alegría, aparece la solución y grito: «¡Eureka!».

Audrey está inclinada sobre mí y también profiere un grito de sorpresa. Ha sido ella quien me ha sacado de mi sueño al irrumpir en mi despacho-taller. Me he dormido mientras trabajaba, con la cabeza apoyada en los antebrazos. Es una de las peculiaridades de los cerebros hiperactivos: la necesidad de repostar energía gracias a microsiestas.

Vuelvo en mí rápidamente y la visión del objeto híbrido que podría encarnar el detonador sensorial aparece de nuevo en mi mente. ¡Deprisa! Anotar la idea antes de que se esfume. Me abalanzo sobre un cuaderno y empiezo a hacer un croquis frenéticamente. De pronto noto que una mano me da unos golpecitos en el hombro.

—¿Hola? ¿Estás jugando conmigo o qué?

Leo en el rostro de Audrey auténtica contrariedad. Está a punto de estallar un nubarrón de reproches. Intento justificarme.

—¡Solo quiero anotar una idea! ¡No tardaré más de un minuto!

Mis gestos no borran su expresión de enfado. Suelto el rotulador negro y comprendo que tendré que retomar más tarde el hilo de mi inspiración…, suponiendo que consiga recordarlo.

—¿Qué pasa, Audrey?

Intento hacerle una caricia tierna en la mejilla, pero ella se aparta.

—¡Pasa que desde ayer te he dejado tres mensajes y no has contestado a ninguno! ¡Que me veo obligada a venir a buscarte aquí para tener alguna posibilidad de verte! Que… —Duda, y noto que el reproche se le queda bloqueado en la garganta, pero acaba saliendo—. ¡Que pasas más tiempo con Giulia que conmigo!

«Ya estamos», pienso.

—¡Qué va! ¡Ni mucho menos!

Ella cruza los brazos sobre el pecho. Intuyo que está furiosa, frustrada…, ¿celosa? Me lo pregunto para mis adentros: ¿tiene motivos reales para estarlo? No he tenido tiempo de pensar en eso. A decir verdad, no he tenido tiempo de nada. La irritación me invade. Anoche dormí cuatro horas, y anteanoche, cinco. Estoy agotado y en ese momento necesito cualquier cosa menos una escena.

—¿Cuántas veces la has visto desde que ha empezado la semana?

—No tengo ni idea, dos veces, tres…

—¡Cuatro!

—Es posible, Audrey. ¡Después de todo, estamos embarcados en un proyecto, tenemos que trabajar! ¡Las ideas no llegan a buen puerto por obra y gracia del Espíritu Santo!

—¡Por favor, deja en paz al Espíritu Santo! ¡No lo metas en esto! ¡Demuestra un poco de buena fe y sé honrado!

La miro sin comprender. Esta discusión me saca de quicio sobremanera. Iba bien encaminado después de la breve siesta y ella ha interrumpido mi impulso creador.

—¿Eres consciente de cómo es el día a día de un inventor, Audrey? ¡Sí, mis proyectos me absorben! ¡Es la vida que he elegido y así es como me gusta!

—¡Esa no es la cuestión! —replica ella en un tono cortante.

—Entonces, ¿cuál es el problema?

Se inclina hacia mí, se acerca tanto que puedo ver destellos entre dulces y lacrimosos en sus ojos.

—¡El problema es que ella te atrae y tú eres el único que no se da cuenta!

Abro la boca para contestarle con rudeza, pero las palabras no salen de mi garganta.

Audrey mantiene los brazos cruzados. Nos quedamos mirándonos fijamente unos segundos. Mi silencio debe de parecerle una confesión. Pero ¿cómo podría demostrarle que se equivoca? No hay escapatoria, debo ser honrado con ella. Así que respiro hondo para armarme de valor y decirle que seguramente tiene razón y que, en efecto, es preferible que no sigamos adelante. Añado que en ningún momento he querido herirla y que lo siento mucho si lo he hecho. Ella no dice ni media palabra y me observa, ahora con frialdad. Después sale del despacho sin volverse y da un sonoro portazo.

Grito su nombre, me levanto de un salto…, pero interrumpo mi movimiento. No voy tras ella. Algo me lo impide. Tal vez la convicción de que, de todas formas, nuestra relación no podría llegar más lejos… Vuelvo a sentarme, acongojado. Me odio por tener la impresión de que la hago sufrir y me pregunto qué funciona mal en mí para dejar escapar a una chica tan estupenda. Recuerdo los momentos que hemos compartido. Mucho placer. Una agradable complicidad. Y sin embargo… Me faltaba ese pequeño suplemento de alma que tanto busco. Aunque, ¿existe al menos? A fuerza de querer siempre más, ¿no me expongo a acabar solo y habérmelo buscado? Por un momento, me siento tentado de llamarla por teléfono para arreglar las cosas, convencido de que aceptaría. Me quedo dudando unos instantes. Las palabras de Audrey resuenan en mi cabeza. «Te atrae». Giulia. Seis letras que levantan una brisa de sensaciones. ¿Me había dado cuenta ya? Había atribuido mi entusiasmo a la excitación suscitada por su proyecto olfativo. En ese momento comprendo que es toda su persona la que sintoniza con la mía, la resonancia de nuestras sensibilidades es impresionante. De pronto, la evidencia de esa atracción se vuelve patente. Ahora bien, ¿estoy dispuesto a aceptarla? Para no enfrentarme a esa perturbadora reflexión, cojo el cuaderno y el rotulador negro, y vuelvo a ponerme con el croquis que empecé hace un rato. «Sumergirme en el trabajo. Ese es el mejor remedio», me digo.

Se trata de un objeto híbrido de forma original: una mezcla de criptex —el famoso candado cilíndrico que inventó Leonardo da Vinci para ocultar documentos secretos— y caleidoscopio con discos de vidrio externos. La forma alargada del aparato recuerda los catalejos de los navegantes exploradores, y además he pensado en un motivo de carta náutica antigua a modo de revestimiento gráfico.

Se me ha hecho un nudo en la garganta, pero intento hacer caso omiso de mis agitadas emociones. Dibujar me ayuda a analizar la situación. Curiosamente, la descarga emocional de la discusión me ha estimulado la imaginación y en cuatro trazos he creado el diseño del detonador sensorial.

Lo divertido de este criptex es la idea de introducir el código secreto específico que desencadenará la difusión del ambiente memorístico deseado. El objeto irá acompañado de una guía de los códigos. Ya me imagino como usuario:

Sigo con el dedo las instrucciones del manual, respondo al breve cuestionario y al acabar veo que se me proponen unos códigos para que los pruebe en el detonador sensorial.

«Hoy, estresado y cansado, quisiera recuperar recuerdos de mi vida en los que me hallaba en un estado de paz y serenidad total».

El manual sugiere cuatro ambientes memorísticos. Debo introducir un código en el detonador para que este active un perfume de ambiente memorístico.

$$\Psi\ 3\ \bullet$$
$$\Upsilon\ 7\ \ast$$
$$\Sigma\ 8\ \blacksquare$$
$$\Omega\ 12\ \blacklozenge$$

Pruebo una tras otra las cuatro combinaciones. En cada ocasión, el detonador libera una sorprendente nube olfativa, junto con una recuperación de recuerdos, distinta según el ambiente evocador. Procuro que el recuerdo acuda a mi mente de la forma más precisa posible, luego lo apunto todo en el «cuaderno de viaje memorístico» previsto para tal fin. El poder del perfume me transporta y reactiva las sensaciones agradables vinculadas al recuerdo. Después de varios minutos concentrado en revivir esos momentos de paz y quietud olvidados, mi clima interior se ha metamorfoseado. Me he serenado.

Salgo del modo usuario para entrar en el modo técnico. Hago en el ordenador la maqueta en 3D del criptex, con el dibujo del interior del objeto. Mi idea: utilizar la técnica innovadora de difusión en seco de las esencias perfumadas. Un procedimiento que no entraña peligro de inhalación nociva, cien por cien ecológico, puesto que basta con instalar un pequeño ventilador en la base del criptex. El aire despedido atraviesa las burbujas perfumadas que contienen los cartuchos olfativos y libera la fragancia específica… ¡Y listo!

El añadido de discos caleidoscópicos externos me parece interesante para dar una dimensión onírica, crear un ambiente propicio a la ensoñación. La originalidad es proyectar las formas mágicas coloreadas al exterior sobre una pared o un techo, y no mirando el interior del objeto. Este caleidoscopio exteriorizado se me ha ocurrido por asociación de ideas, cruzando la linterna de Moulin Roty y el caleidoscopio. Los inventos suelen ser fruto de conexiones improbables, desviaciones o traslaciones de universos.

Excitado por esta opción, pienso inmediatamente en Giulia: espero que le guste…

La riña con Audrey y sus palabras vuelven a mí como un bumerán. Giulia. Es verdad que cada vez me gusta más su compañía. Su reserva, que a veces la mantiene a distancia, y esos momentos en los que baja la guardia y se muestra rebosante de entusiasmo, de alegría. Me gusta su personalidad llena de contrastes. Quisiera darle confianza en sí misma. Animarla. Apoyarla. ¿Me lo permitiría ella?

Durante cinco minutos, tengo la impresión de que es posible; un minuto más tarde, siento que escapa de nuevo, que no me deja entrar en su universo. No llego a conocerla del todo, y sin duda es eso lo que me gusta. Esa pizca de misterio, esa personalidad compleja, de las que nunca acabas de conocer del todo…

Escena 31

Tranquilamente tumbado en la cama, Arthur está viendo vídeos en el móvil cuando entra su madre como un torbellino en la habitación. Está acostumbrado y, con el tiempo, ha desarrollado un sistema de cierre de escotillas que raya en la perfección. Básicamente, oye una palabra de cada diez. Sin embargo, la mañana de este viernes la virulencia de su madre alcanza cimas ignotas. Las ondas de nerviosismo y excitación son tan palpables que le traspasan la piel. Es desagradable. Preferiría que lo dejaran tranquilo. Pero ella ha decidido otra cosa. «¿Qué le pasa hoy?». Quiera o no, tiene que levantarse para ir a ayudarla. A él le tocan la basura y las compras.

Observa a su madre dándole lustre a la casa. Ha sacado el aspirador y el plumero. Los montones de papeles que llevan semanas por en medio han desaparecido de la mesa, sustituidos por un mantel, sobre el cual podrán poner un plato y comer en un sitio que no sean sus propias piernas.

De pronto se acuerda. El motivo de toda esa zapatiesta: ¡Basile viene a cenar esta noche! A él también le hace ilusión. Pero aun así... No es razón para poner la casa de punta en blanco.

—¡Eh, mamá, tranquila! Tampoco hay que exagerar, quien viene a cenar es Basile.

Giulia continúa moviéndose como una abeja a punto de picar.

—Desde luego, si fuera por ti...

Arthur mira a su alrededor y no da crédito a sus ojos.

—¡Fíjate, está impresionante!

Giulia interrumpe un momento su actividad para lanzarle una mirada triunfal.

—¿No ves qué gusto da cuando todo está limpio y ordenado?

—Lo reconozco. Anoche no te vi. ¿Te quedaste trabajando hasta tarde? Estuviste todo el rato encerrada en el cuartito.

—¡Sí! Quería avanzar en la creación de los ambientes olfativos para el detonador sensorial y esta noche... voy a pedirle a Basile que haga de cobaya.

A su madre le brillan los ojos. Este proyecto parece que le interesa un montón y le da renovadas fuerzas. Pero ¿es solo eso?

—Oye, mamá..., no estarás intentando sacar a Basile de la *friendzone*...

—¿Quééé? —Por su reacción, Arthur se dice que quizá ha puesto el dedo en la llaga—. ¡En absoluto! —se defiende ella—. Compartimos un proyecto, eso es todo.

Su madre se justifica un poco más de la cuenta. Le entran ganas de decirle que a él no le importa. Bueno, al contrario, si hubiera alguien en su vida se alegraría por ella. Seguro que no estaría tan acelerada, sino más distendida. ¡Vamos, que sería más feliz! Le sonríe con complicidad y se acerca a ella para darle un beso.

—No te preocupes, no voy a chivarme.

—¿Cómo?

—¡No diré nada! ¡Te lo prometo!

—Pero si…

Arthur se parte de risa, coge las bolsas de basura tan contento y sale de casa.

Después de haberse liberado de sus tareas, piensa que haría bien en ocuparse también de sus asuntos del corazón. Saca el móvil y entra en Instagram. Es hora de progresar con Mila. Objetivo: conseguir una cita. Mila ha publicado una historia que le joroba un poco: parece que ayer estuvo en una fiesta que fue una pasada. Está sublime, con un vestido ajustado, rodeada de amigos. Esa chica es distinta. Arthur siente algo especial por ella. Así que se arma de valor y escribe un mensaje:

¿Te apetece ir a tomar algo al Bateau Ivre esta noche?

Al cabo de un momento recibe una respuesta:

OK! 😊

Escena 32

Llaman a la puerta. Detrás del ramo de flores que le tiende hay un Basile diferente. Le sorprendió verlo tan elegante: traje gris perla de corte entallado, sin corbata, vale, pero aun así un traje, sobre una camiseta azul marino ajustada, los rizos domeñados y peinados hacia atrás, y los contornos de la barba cuidadosamente recortados. Las flores les estorban cuando se inclinan para darse un par de besos. El papel plastificado cruje entre sus cuerpos. Por un instante, Giulia se siente trastornada por el efluvio muy masculino de un agua de colonia que le chifla. Siente una trepidación en el pecho. Es de lo más normal: está sobreexcitada porque va a probar su prototipo. Sí, eso es. La excitación del prototipo...

—¡Eres una cobaya muy presentable! —bromea para disimular su turbación.

Arthur saluda a Basile con una sonrisa cálida que su madre le ve raras veces.

Giulia no lo dirá, pero Basile es la primera persona a la que invita a cenar a su casa desde la separación. Arthur y ella están más que acostumbrados a permanecer replegados sobre sí mismos, de un modo casi autosuficiente.

—¿Quieres tomar algo?

A Giulia le divierte ver que Basile observa todos los objetos de la habitación. Es tan propia de él, esa curiosidad. Él responde distraídamente a su ofrecimiento examinando más de cerca un cuadro que Giulia compró hace diez años en Nueva York. Una obra muy contemporánea de un artista de moda. Le encanta el contraste entre el fino rostro de la chica pintado en tonos grises y los cabellos cubiertos de grafismos heteróclitos y multicolores, así como su cuerpo vestido con motivos y tipografías. «*Follow your dreams*», se lee. A Giulia le gusta tener esa frase delante de los ojos a diario. Como un mantra inspirador y energizante.

Arthur pone las galletas de aperitivo sobre la mesa de centro, junto al sofá.

¡Todo es distinto cuando él se implica! Ella no da crédito a la influencia que Basile ejerce sobre el chico. La colma de alegría escuchar a su hijo conversando. Tiene gracia ver que adopta un aire adulto para causar buena impresión, y oírlo expresarse con frases completas, puntuadas, con un auténtico punto de vista también. No se ha encerrado en su habitación, no ha sacado el móvil, no contesta con onomatopeyas... Qué felicidad. Basile intercepta su mirada y le dirige una fugaz sonrisa de complicidad, después vuelve a centrar su atención en Arthur, que ahora está imparable.

Giulia trajina en la cocina mientras los hombres charlan. Se sorprende disfrutando con la preparación de esa cena. ¿Desde cuándo no lo hacía? Hasta ha recuperado una antigua receta, que le pasó su madre, de colombo de pollo al jengibre. Termina de picar los cacahuetes y de rallar el coco fresco para realzar el plato. Coge la botella de vino tinto, un Corbières del Languedoc-Roussillon, y se acerca a Basile, en el salón.

—¿La abres?

Sus manos se rozan cuando ella le tiende la botella. Giulia se estremece y le da rabia. Percibe la mirada cómplice de Arthur. La cena es alegre y animada. «Formamos un buen equipo. Casi una familia bien avenida», piensa Giulia. Descarta de inmediato ese pensamiento absurdo, consciente de que se trata solo de la proyección fugaz de un sueño enterrado, de una ilusión dolorosa que la ha dejado herida y desilusionada. No hay familia que no salte por los aires, ha llegado a pensar desde que se separó, con toda la razón, está convencida de ello. Así que se ha jurado no volver a pasar jamás por lo que aguantó. Esa reminiscencia dolorosa la asalta de pronto de un modo desagradable. De buenas a primeras se levanta: están allí para trabajar, ¡ha llegado el momento de ponerse manos a la obra!

—¿Un café antes de probar mis hallazgos?

Se diría que Basile percibe su cambio de humor, pues le dirige una mirada interrogadora. Acepta encantado el café y se ofrece a ayudarla a recoger. Ella se niega en redondo y él no insiste. Giulia necesita esos minutos de refugio en la cocina para recuperarse de su ligero malestar. Se apoya un momento en la encimera y cierra los ojos, como si estuviera mareada. Se siente interiormente dividida. Agitada por un movimiento contradictorio. Mantenerse alejada de «eso». Y al mismo tiempo tener ganas de «eso». Pero ella no lo había previsto. ¡Es preciso evitar a toda costa que «eso» se imponga!

Cuando se reúne de nuevo con ellos en la mesa, Arthur se ha levantado y se dispone a salir.

—¿No te quedas para las pruebas? —pregunta con una pizca de nerviosismo en la voz.

—No, os dejo. He quedado.

—¿Ah, sí?

Giulia es consciente de que su voz ha sonado un poco más fuerte y más aguda de la cuenta. Arthur aprieta los labios para reprimir una sonrisa; su madre desearía retorcerle el pescuezo.

—No volveré tarde, te lo prometo. Ya me contaréis.

El ruido de la puerta al cerrarse da la señal de inicio del encuentro a solas. En un abrir y cerrar de ojos, Giulia se ha puesto su máscara más profesional. Le indica a Basile que se siente en el sillón reclinable a fin de prepararse para el viaje sensorial. Ha pensado utilizar el miniventilador para dispersar los ambientes olfativos. Él ha llevado un tubo a modo de precriptex, una especie de prototipo. Por el momento es una linterna acoplada a uno de los discos externos del caleidoscopio.

Ella atenúa las luces y Basile enciende la linterna. Inmediatamente aparecen en el techo maravillosas formas multicolores, que empiezan a girar ante la mirada fascinada de Giulia.

—He añadido un motor giratorio —precisa Basile con un entusiasmo juvenil.

—Es magnífico. Exactamente lo que imaginaba.

—¡Sí, a mí me parece perfecto para crear un ambiente propicio a la evasión y la ensoñación alegre!

—¿Está preparado, querido cobaya?

—¡Listo para el viaje!

Ella se guarda mucho de prestar atención al chisporroteo de sus ojos y se concentra en el trabajo: deja un cuaderno al lado de Basile para que este escriba sus recuerdos a medida que vayan aflorando a la superficie. Ha improvisado un cuaderno de viaje memorístico en el que es posible clasificar los recuerdos positivos según los estados recurso: calma – confianza – alegría – seguridad – energía.

—El detonador sensorial irá acompañado de este cuaderno de viaje memorístico y de un librito donde se explicará el método. Yo imagino todos los objetos dentro de una atractiva caja. —Le enseña unos dibujos que ha hecho—. Te los dejo para que los mires mientras voy a buscar las muestras de ambientes…

Entra en el cuarto trastero, que ha convertido en taller después de haber instalado en él un órgano de perfumes. Coge las pruebas y coloca los frascos en los huecos previstos para ello en la bandeja de demostración. Nota las manos febriles y sabe confusamente que ese nerviosismo no se debe solo a la ansiedad de la presentación. Hacía mucho que no sentía esa turbación. Es agradable y asusta al mismo tiempo. Más aún porque una vocecita interior le recuerda que Basile ya está con alguien y que ella haría bien en tenerlo muy presente.

«Estamos aquí para trabajar y sacar adelante un proyecto. Punto».

Escena 33

Hace unos minutos que ella ha salido. Después de mirar los prometedores esbozos, me dejo llevar suavemente. Me arrellano en el sillón. Mi mente se evade siguiendo los arabescos de colores del caleidoscopio proyectados en el techo. No me esperaba pasar una velada tan deliciosa. El ambiente, la cena, Arthur, con quien, a mi pesar, me encariño cada día más. Es gratificante notar que mi relación con él le sienta bien, que quizá lo inspiro un poco en su trayectoria como hombre. ¡No sabe cuánto me reconforta su confianza también a mí, que nunca he sido el padre que me habría gustado ser!

Y luego está ella. Ella..., eso son palabras mayores. Cuando ha abierto la puerta, yo he sido el primer sorprendido por la emoción que me ha embargado. Por un instante he creído que era el efecto del bonito vestido que llevaba, lo suficientemente escotado para realzar la parte superior del pecho y el cuello, fino y grácil. Después me he dado cuenta de que lo que me ha turbado más no era su silueta sino su expresión radiante, la amplia y cálida sonrisa que solo una alegría sincera puede dibujar en el rostro. La hacía feliz que yo estuviera allí. Eso me ha emocionado.

Vuelvo la cabeza hacia un lado y la veo regresar con una bandeja sobre la que reposan varios frascos. La deja encima de la mesa de centro, junto a nosotros.

—¿Preparado?

—¡Sí!

Me pide que elija el ambiente que me resulte más atractivo y opto por «Ánimo de gaviota». Impregna de perfume las bolitas dispuestas en un cubo traslúcido perforado con multitud de agujeros, aplica el ventilador sobre la parte superior del recipiente y me lo acerca para que pueda olerlo.

—Cierra los ojos y déjate llevar por los efluvios marinos... Concéntrate para ver si te traen recuerdos de mucha calma y libertad.

Es increíble: en la fragancia compleja que ha compuesto, no solo encuentro notas de gotas de espuma, sino todo el ambiente de los paisajes marinos del oeste francés, como si hubiera capturado el espíritu del aire limpio, el olor de la arena mojada, de las algas secas, del tiempo que se detiene.

Cuando abro los ojos, veo que me observa con una sonrisa expectante.

—¡La riqueza olfativa de este perfume es increíble! Todo un mundo está encerrado en una botellita... ¡Bravo!

—Me alegro de que te guste. ¿Te ha traído recuerdos?

—Sinceramente, sí. Esta mezcla ha vuelto a impregnar de sensaciones las imágenes de mis recuerdos y los ha vuelto mucho más presentes.

—¿Qué efecto te ha causado?

—He tenido la impresión de que retrocedía treinta años, de que recuperaba momentos de paz y despreocupación, los que experimentaba cuando iba de vacaciones con mis padres y mis hermanos.

—¡Estupendo! Ahora solo te falta apuntarlo.

Me tiende el cuaderno y me pide que elija el estado recurso al que corresponde ese recuerdo.

—¿Gran calma? ¿Alegría profunda? ¿O más bien libertad?

—Mmm… ¡Yo diría que se acerca más a alegría profunda!

Me pide que sea lo más preciso posible en la descripción sensorial de ese recuerdo feliz: los sonidos, los colores, las imágenes y, por supuesto, los aromas.

—Mira, ¿ves?, ¡semana tras semana, tu cuaderno de viaje memorístico se convertiría en una «memoteca de recuerdos positivos»! Una increíble y valiosa base de datos, susceptible de cambiar poco a poco la visión que tienes de tu vida y de enseñarte a centrar la atención en lo que ha tenido de bueno y enriquecedor. Sin ese trabajo de memoria, lo positivo se atenúa, casi hasta el punto de creer que no ha existido jamás. El perfume ayuda a hacer tangible el recuerdo, a devolverle presencia sensorial, a dar consistencia a las sensaciones positivas que, sin él, permanecen borrosas en la mente.

—Estoy impresionado, Giulia. ¡Todo esto es bastante convincente!

—¿Solo «bastante»? —replica ella riendo—. Espera a probar otras esencias. ¡Elige otra!

Recorro con la mirada las etiquetas pegadas en los frasquitos. Giulia ha escrito en ellas, a mano, los nombres. «Yeti feliz», «Burbuja maternal», «Corazón desbocado»,

«Festín festivo»… Me apetece probarlos todos, pero al final me detengo en «Esencia de lo femenino».

—Este.

Nuestras miradas se encuentran, mutuamente atraídas. De un modo subrepticio, ella pestañea para escapar al contacto visual. Se concentra en esta nueva prueba empapando otras bolitas. Debe de notar que no le quito los ojos de encima. Observo sus largas y finas manos de uñas nacaradas, sus mejillas ligeramente teñidas de rojo a causa del calor ambiental, el vino y la intensidad de este momento poco corriente.

Ella acerca mucho su cara a la mía para mantener el dispositivo olfativo al alcance de mi nariz y yo cierro los ojos a fin de impregnarme del olor.

Giulia espera mi veredicto.

Cuando abro de nuevo los ojos, intenta leer mi opinión en mi rostro. De inmediato se da cuenta de que no me convence del todo.

—Falta algo, ¿verdad? —dice sin esperar a que yo verbalice la respuesta.

Asiento, pero la tranquilizo enseguida: ¡la prueba es muy convincente, de todos modos!

—Tus asociaciones son realmente increíbles. Solo falta un pequeño detalle… Una pizca de redondez, unas notas tiernas y voluptuosas, no sé si entiendes lo que quiero decir…

Por su expresión se diría que saborea mis palabras y recibe con placer mi opinión en directo. Es deliciosa, pero ¿lo sabe?

—¿Me permites?

La idea es osada, pero irresistible: le pregunto si puedo aspirar el perfume directamente en su piel. Me inclino, levanto con la mano la pesada masa de sus cabellos castaño claro para dejar a la vista la línea de su cuello y aspiro. La sensualidad del momento nos embarga a los dos. Noto que se estremece al notar el contacto de mis labios, que le rozan la nuca. Mi mano se ha hundido más profundamente en su cabellera, y soy incapaz de describir la calidez y la dulzura del instante. Me aparto sin retirar la mano. Nuestros rostros están cerca y veo la misma turbación en sus ojos. Sin embargo, ella se separa y restablece una distancia más apropiada, tal vez más tranquilizadora.

—Dime, ¿qué falta?

Me siento frustrado. De no ser por esa leve ronquera en el timbre de su voz, podría creer que he soñado el instante anterior.

—¿Quizá la delicadeza de una flor blanca? ¿O bien un equilibrio redondo oriental-avainillado? —insiste—. Espera, voy a buscar los frascos para probar...

Se dispone a levantarse. La retengo cogiéndole delicadamente la muñeca. Me muero de ganas de besarla. ¿Debo lanzarme? Después de todo, ¿no soy hijo de la audacia? Así pues, me inclino lentamente para depositar un beso en sus labios. Doble o nada.

Doble.

En cuanto a la sensualidad de las imágenes que siguen, impide, de hecho, cualquier proyección en una linterna de Moulin Roty...

Escena 34

—¡Basile, endereza! ¡Está inclinada a la derecha!

Bendigo a Arthur por echarme una mano, y los dos nos las vemos y nos las deseamos para sacar a la acera la enorme huella 3D de un metro de alto, atrapada en un globo traslúcido de color naranja claro sobre un pedestal-expositor negro.

Tres veces ha estado a punto de caerse, pero hemos conseguido estabilizarla. ¡Ni que decir tiene que semejante escultura en medio de la acera produce un efecto increíble! Le ponemos un cartel que incita a los clientes a que vengan a descubrir nuestro nuevo concepto: los «Ayami».

Este nombre, aunque de resonancia ligeramente nipona, se me ocurrió mientras trabajaba sobre el tema de la identidad personal, a partir de una expresión inglesa: *I am me*.

Literalmente, «Yo soy yo». Pronunciado rápidamente, se había convertido en los Ayami.

Un Ayami es, pues, una huella dactilar reproducida en tres dimensiones gracias a una impresora de nueva generación que puse a punto yo mismo. Esta huella 3D es capturada en el interior de una bola de polímero teñida del color que más se asocia a la personalidad de la persona en cuestión.

El Ayami se coloca donde uno prefiera, para mostrar y manifestar la unicidad y la singularidad propias. Como todas las creaciones del Baceblun, los Ayami tienen una función simbólica, son un objeto-anclaje para acordarse de lo esencial: «No pierdas nunca de vista quién eres, y actúa de manera que estés allí donde debes estar».

El proyecto Ayami es un proyecto-respuesta que surge tras las diferentes tentativas llevadas a cabo por la asociación Ciudadanísimo para perjudicar a El bazar de la cebra con lunares. Por desgracia, la directora de la asociación resulta que es también la jefa de redacción de *La Dépêche du Mont*. La buena señora me da muchos quebraderos de cabeza, pues me veo obligado a contrarrestar una y otra vez los efectos desastrosos de las acciones que emprende para influir en la población. Reconquistar los favores de la opinión pública me lleva tiempo. Y exige tener imaginación. En un pequeño municipio como este, todas las voces cuentan.

Su último artículo fue particularmente devastador para la imagen del Baceblun, ya que Louise Morteuil denunció enérgicamente mi conducta «irreflexiva»: haber contratado a un «joven menor con antecedentes delictivos, condenado por vandalismo en la modalidad de pintada de grafitis» era para ella un comportamiento totalmente irresponsable. Y aprovechó esta circunstancia para hurgar en la herida evocando el ya célebre «incidente Vuitton», el «atentado» contra el bolso de marca de lujo tagueado por Arthur, perteneciente a una madre de familia que figuraba entre las personalidades más influyentes de la ciudad.

Lo que me sacó de quicio fue la desfachatez de la tal Louise Morteuil, que en ningún momento puso en duda su juicio. ¿No podía considerar por un instante lo gratificante que era para Arthur el trabajo en el Baceblun? ¿Ni lo beneficioso que resultaba para devolverle la confianza en sí mismo y ayudarlo a salir de una espiral de fracaso?

Por lo visto, no. Es cierto que Arthur tiene un perfil atípico. Es cierto que no es «estudioso». Pero yo estaba convencido de que si emergían sus aptitudes específicas encontraría su camino.

Pensando en él comencé este trabajo en torno a la singularidad. Todo el mundo tiene «su ADN», y a cada uno le corresponde identificarlo y hacer algo con él:

A firmar la identidad y las singularidades propias
D esarrollar las aptitudes específicas propias
N utrir la confianza en el valor propio

Me apetecía que todo el mundo se diera la oportunidad de descubrir su verdadero ADN. Estar bien con su singularidad, liberarse de la mirada de los demás para trazar el camino que ha elegido y no el que le han dictado: ¡eso podía cambiar toda la historia!

Pienso de nuevo en Arthur y me sublevo contra esa manera que tiene el sistema escolar de rechazar y dejar de lado… Y eso me ha recordado una vieja película de Pagnol, *Le Schpountz*, cuando a uno de los personajes, interpretado por Fernandel, le dicen: «¡No es que no seas bueno para nada, es que eres malo para todo!».

Quizá yo soy un idealista, pero no podrán quitarme de la cabeza esta convicción: las personas sin potencial no existen, son tan solo personas que no están en su lugar.

Arthur y yo estamos realmente contentos del efecto visual que produce el Ayami gigante. Tenemos previsto celebrar un acto de lanzamiento esta misma tarde a las dos. Quiero que tenga un gran impacto y espero que se vuelva viral; hasta he grabado un vídeo para colgar en las redes sociales que promete un Ayami de regalo a las veinte primeras personas que vengan.

Es la una cuando Giulia llega a la tienda con unos sándwiches. Nos abalanzamos sobre ellos, Arthur incluido. Por más que hablemos de singularidad, tenemos hambre como todo el mundo.

—¡Solo falta un buen café!

—Lástima que la cafetera esté estropeada… —Le lanzo una mirada implorante a Arthur—: Oye, ¿no irías a buscarnos dos cafés al bar de al lado para aguantar la tarde?

Él suspira, pero coge el billete.

En cuanto cruza la puerta, Giulia y yo aprovechamos para besarnos como adolescentes.

Al poco se oye carraspear. Arthur está en el umbral de la puerta. Nos riñe:

—¡Os recuerdo que abrimos dentro de cinco minutos y fuera ya hay una cola de mil demonios!

—¡No me lo creo!

—¡Que sí! ¡Venga, moveos! ¡A trabajar!

De pronto se ha puesto el traje de adulto, que aún le queda un poco grande pero le sienta bien.

—¡Aguafiestas! —exclama su madre levantándose.

Arthur refunfuña al verla picotear las gominolas con sabor a fresa dispuestas para recibir a los visitantes.

Me encanta la alegría recuperada de Giulia. No me atrevo a atribuirme el mérito, pero me complazco en creer que no soy ajeno a él. Lo que siento por ella me pilla desprevenido. Todavía no lo entiendo muy bien, pero ¿es preciso tratar de entender? Me quedo un segundo plantado admirándola, hasta que su hijo me tira de la manga y me empuja para que me siente detrás de la impresora 3D. El chaval me mira con cierta indulgencia, la que se reserva a los convalecientes o a los enamorados.

Ya estoy listo para crear los Ayami en masa. No hacen falta más de cinco minutos para concebir uno. ¡Una proeza técnica! Le indico a Arthur que abra la puerta y los clientes se agolpan de inmediato en la tienda.

Escena 35

Pollux camina con paso seguro y rápido. Siente que le crecen alas. Debe de ser eso la alegría: ha quedado con Giulia en un salón de té. Se ha atrevido a proponérselo. Hasta ahora se ha atrevido a tan pocas cosas en la vida... Pero por ella está dispuesto a todo. Solo en muy contadas ocasiones se ha esmerado tanto en prepararse. Ayer incluso fue a la peluquería. Para la mayoría de la gente, un acto de una banalidad indescriptible. Para él, una proeza personal: decir que le horroriza sería quedarse corto. No es simplemente que lo deteste. En su caso, dado el nivel que alcanza, se trata de algo más parecido a una fobia. Nunca ha podido soportar que le toquen la cabeza. En cuanto al pelo, tiene la impresión de que es un heredero de Sansón y que cortar un solo centímetro podría restarle fuerza, arrebatarle un poco de sí mismo. Pese a todo, lo ha hecho. Eso sí, apretando los dientes todo el rato, en especial cuando las tijeras le pasaban por la nuca y se le tensaba cada uno de los tramos de la columna vertebral, reflejo de rechazo del que nunca había podido librarse.

También aguantó las exclamaciones del peluquero, que puso el grito en el cielo ante la sequedad casi vergonzosa de su pelambrera, y soportó la lección de moral capilar sobre la necesidad de dispensar un cuidado semanal a los cabellos de naturaleza tan áspera como la suya. Una hora después, con varios centímetros menos de pelo, estuvo largos minutos observando su nuevo rostro en el espejo. Sobre todo la nuca, esa desconocida, sepultada desde hacía años bajo una larga y tupida cabellera. Se pasó una y otra vez los dedos por encima acariciando la superficie lisa y corta con incredulidad.

Pollux saluda a un conocido en la calle. Le hace sonreír que no lo reconozca de inmediato. Se ve a sí mismo tres días antes, en el despacho de Louise Morteuil en la sede de Ciudadanísimo. Seguía hecha un basilisco por el asunto de los Ayami que tanto furor causaban en la ciudad. Por todas partes, jóvenes y no tan jóvenes exhibían con orgullo, en la cintura o en el bolso, su huella dactilar 3D dentro de la bola coloreada. «*I am me*. ¡Otro anglicismo! —exclamó sin disimular su cabreo ante él—. ¡Reivindicar la propia singularidad! ¿Qué será lo siguiente?». Louise veía esos Ayami como un golpe asestado contra ella, un desaire a los valores que ella encarnaba. Pollux dejó pacientemente que Louise diera rienda suelta a su indignación.

—Bueno, a todo esto, ¿tú querías decirme algo?

—Sí... He decidido dejar Ciudadanísimo.

Louise le pidió explicaciones. Él se limitó a contestar que ya no se reconocía en el posicionamiento de la asociación. Tras un momento de contrariedad por la pérdida de tiempo que supondría encontrar un sustituto tras su marcha, le dio las gracias y se despidió de él con un «Hasta la vista» que sonó como un «Que te den». A Pollux no le extrañó demasiado. Louise Morteuil consideraba que sus aptitudes eran útiles para la asociación, pero jamás había mostrado el menor deseo de conocerlo como persona.

«Todo eso cambiará de ahora en adelante», se dice mientras se acerca al salón de té. Es el primer día de su vida como «persona visible». Se acabó la transparencia. Quiere existir a los ojos del mundo. Y sobre todo a los ojos de ella...

Sin embargo, cuando la ve a través del cristal, su valentía se tambalea. El pánico vuelve a apoderarse de él. Pollux se seca nerviosamente las manos húmedas en los pantalones. De pronto se pregunta si no sería mejor dar media vuelta. La puede llamar más tarde, ¡le contará que le ha surgido un imprevisto que le ha impedido acudir a la cita! Intenta respirar más despacio y nota que los latidos del corazón le producen una sensación desagradable en el pecho. No obstante, se rehace. Imposible echarse atrás. Ahora no, después de haber recorrido todo ese camino. Debe llegar hasta el final.

En su ímpetu, empuja demasiado fuerte la puerta del establecimiento, que choca contra el tope. Varios rostros se vuelven hacia él, lo que acrecienta su malestar. En tres zancadas, llega a la mesa. Ella se levanta, le sonríe. A Pollux le flaquean las piernas. Ella le da un par de besos. No se ha perfumado. Se siente un tanto despechado, pero consigue controlar sus emociones. No debe desviarse de su objetivo. Se sienta y abre la boca, dispuesto a darlo todo.

Escena 36

Giulia camina con paso seguro y rápido. Ha quedado con Pollux, que dice que necesita hablar con ella. Ella ha aceptado. Simplemente porque su estado de ánimo la predispone a complacer y porque se ha sentido invadida por la extraña sensación, común entre las personas felices, de que, cuando por fin tocas con un dedo la dicha, debes saber redistribuirla a tu alrededor. Así que le concedió un rato de su tiempo a Pollux. Hoy, pues, tiene alas. Ha pasado un buen día, interesante y excitante, puliendo sus ambientes olfativos y prosiguiendo sus exploraciones. Una jornada que terminará poco después de la forma más agradable posible en El bazar de la cebra con lunares, donde se reunirá con Basile en cuanto su encuentro con Pollux haya terminado. Como guinda del pastel de su buen humor, el anuncio de Arthur de ayer, una excelente noticia, tan inesperada como sorprendente.

Su hijo llegó a casa más orgulloso que un pavo real, enarbolando la tarjeta de visita de un tal Yves Lemoine. Giulia, intrigada, lo apremió a que le contara qué había pasado.

Arthur dosificó los golpes de efecto, entusiasmado con el relato que iba a hacer: mientras pasaba un agradable rato con Mila, oficialmente su novia desde hacía unas semanas, la chica le dijo que su padre quería hablar con él. El anuncio sorprendió e inquietó un poco a Arthur, pues temía que quisiera ponerlo a prueba para averiguar la seriedad del novio que su hija había elegido.

El padre de Mila los había citado en una cafetería para «tomar un chocolate». «Mi exmujer me ha enseñado su bolso Vuitton modificado por ti», soltó de buenas a primeras. A Arthur se le heló la sangre en las venas. El padre de Mila se echó a reír. «No te preocupes, no voy a darte una lección de moral. Al contrario… Voy a confesarte una cosa: ¡me ha encantado!». Arthur no daba crédito a sus oídos. Mila, por su parte, sonriente, estaba en la gloria. Conocía a su padre y ya sabía la locura que iba a proponerle a Arthur: «Dirijo una empresa de creación de moda y complementos con sede en París. ¿Te apetecería ir allí este verano para hacer un curso de un mes? ¡Siempre busco personas intrépidas y con ideas, y sé reconocerlas cuando las encuentro!».

Giulia tiene aún una sonrisa beatífica en los labios cuando llega a la puerta del salón de té. ¡Es tan feliz hoy! No se le va de la cabeza la alegría de su hijo, que se movía sin parar por el salón con su excitación contagiosa. ¡La suerte parece sonreírles por fin! Aunque, ¿es suerte? No solo… La entrada de Basile en sus vidas ha hecho que empiece a soplar un vendaval de intrepicidad.

Una de esas formidables energías que te empujan a ir hacia delante.

Giulia entra en Chez Odette pensando en Basile y se siente invadida por una oleada de gratitud y… ¿de algo que podría parecerse al amor? Rectifica. No, eso no puede aparecer tan deprisa... Sentada a una mesa junto al ventanal, intenta analizar los eventuales síntomas de sentimiento amoroso, se divierte marcando mentalmente las casillas que confirman el diagnóstico. Perdida en sus pensamientos, no ha visto llegar a Pollux. Algo ha cambiado en su aspecto. ¿Qué es?

—Llevas otro corte de pelo! —exclama con la alegría exagerada de las personas que están en las nubes—. Te queda bien.

Él se ruboriza. A Giulia siempre le han parecido conmovedores los hombres que se ruborizan. Se diría que está intimidado. Pero ¿por qué iba a darle ella miedo? Giulia intenta que se sienta a gusto, lo anima a hablar. Él no para de mover las piernas, como si estuviera incómodo.

—¡Para! ¡Voy a acabar por creer que soy el Coco!

Pollux se retuerce nerviosamente las manos y esboza un amago de sonrisa.

—No, no es eso. Es que lo que tengo que decirte no es tan fácil...

«Acabáramos».

Giulia se esfuerza por dedicarle toda su atención a Pollux, pero no puede evitar lanzar miradas de reojo al móvil por si Basile le envía un mensaje. ¿Por qué está haciendo Pollux un repaso de los diez años que llevan trabajando juntos en Olfatum? Su tono es muy solemne... El tono de los que van a anunciar un cambio de vida. Vuelve a la carga con lo de su amabilidad, su sonrisa, su maravillosa presencia cotidiana. El nivel de elogio le produce un sonrojo de incomodidad.

—Eres muy amable, Pollux, pero lo único que he hecho es ser una compañera agradable.

Él no desiste.

—No, has hecho más que eso. —Su expresión se vuelve más grave todavía—. También tengo que confesarte una cosa… Soy miembro de la asociación Ciudadanísimo.

La conexión tarda unos segundos en establecerse en el cerebro de Giulia. Ciudadanísimo… La famosa asociación encabezada por la inspectora de las costumbres… ¡Louise Morteuil! ¡La desquiciada! ¡La mujer que lleva meses amargándoles la vida a Basile y a su hijo! Consternación. Su sonrisa se desvanece de golpe. No entiende nada.

—En primer lugar, quiero que sepas que me he dado de baja de la asociación.

—Ah…

—Y lo he hecho por ti, Giulia.

—Ah…

La conversación toma un giro que le resulta cada vez más embarazoso.

—Al principio, cuando Louise Morteuil me envió hasta El bazar de la cebra con lunares para que estudiara los Brain-terminales, yo no sabía que tú conocías a Basile, y después, cuando los confiscaron…

—¡¿Fuiste tú el causante de que confiscaran los Brain-terminales?!

Pollux, incómodo, se encoge en el asiento.

—¡Yo no lo sabía! —replica, intentando justificarse.

—Pero, después…, ¿por qué no nos lo dijiste?

—Temía tu reacción… Y en el momento en que iba a contártelo, me propusiste participar en la concepción del diseño del detonador sensorial… ¡Qué alegría!

Un malestar sordo invade a Giulia.

—Ah…

A Pollux le brillan cada vez más los ojos. Giulia retrocede para pegarse al respaldo de la silla. Pollux inclina el torso hacia delante para compensar su movimiento.

—No te puedes imaginar la influencia que ejerces en mí, Giulia. ¡Tengo la impresión de que, en contacto contigo, todo puede cambiar! Tienes el don de infundirme entusiasmo… Cuando estás tú, ya no soy Pollux y vuelvo a ser por fin Paul, ¿entiendes?

Movido por un impulso súbito, coge las manos de Giulia y las retiene con firmeza. Ella nota las de él calientes y húmedas. Pollux malinterpreta el estremecimiento que la recorre y se deja llevar por ese acceso de confesión exaltada.

—¡Giulia! Siento algo por ti. Creo que te amo como nunca he amado a ninguna mujer. Puedo hacerte muy feliz. Sonreirás todos los días como hoy. ¡Nunca más veré la tristeza velando tu rostro! ¡Estaremos muy bien, ya lo verás!

La sangre se le hiela en las venas a causa de la angustia que la invade. Giulia se apresura a retirar las manos; debe imprimir cierta fuerza al gesto debido a la firmeza con que Pollux las retiene. Ahora está muy erguida, rígida incluso, frente a él.

—Pollux, creo que hay un gran malentendido.

—…

—Siempre te he apreciado como compañero. Creo que eres realmente… bueno.

—¿Bueno? —repite como si le hubiera lanzado a la cara el peor de los insultos.

Giulia no sabe cómo resolver la situación, que ya está durando demasiado, y se tira a la piscina.

—Mira, Pollux...

—Paul, por favor.

—Paul, lo siento, pero no comparto tus sentimientos. No creo que haya habido nunca ambigüedad por mi parte en este punto. Me parecen fantásticos los cambios que estás haciendo, pero yo no soy la persona adecuada para ti... Ahora me iré, ¿vale?

El silencio de Pollux es elocuente. Permanece frente a ella como noqueado. Giulia no puede seguir soportando la escena.

—Adiós, Poll..., perdón, Paul.

Sin esperar su respuesta, sale del salón de té y siente alivio al encontrarse de nuevo al aire libre. Un amor no deseado es tan sofocante como un perfume demasiado intenso.

Escena 37

Pollux la ve alejarse con una sensación de irrealidad. Su historia de amor ha acabado nada más empezar. La elegida acaba de huir porque la simple idea de estar con él, lo ha leído en sus ojos, le ha parecido grotesca. Pollux mira su reflejo en el elegante espejo del salón de té y le da la razón: es horrible. ¿Cómo se ha atrevido a pensar ni por un instante que podría amarlo? Se pasa una mano por el pelo, ahora corto, y deja que sus dedos se contraigan hasta cerrarse en un puño. Tiene ganas de tirar con fuerza hasta hacerse daño, hasta arrancarse ese horrible pelo pajizo.

Sofoca una serie de sollozos. Luego, en un arrebato de orgullo, se sobrepone. ¡No puede dejar que se marche así! ¡No puede tirar la toalla tan pronto! Repasa la escena en su cabeza: no ha sabido encontrar las palabras adecuadas, debería haberse mostrado más sutil, decir las cosas de otro modo. Ha sido demasiado directo, la ha asustado. Pollux se yergue entonces en el asiento, súbitamente movido por una certeza: ¡debe explicarse de nuevo, hacerle comprender mejor quién es, la intensidad de sus sentimientos, y abrirle los ojos a la evidencia de su relación única! Se levanta de un salto y deja un billete en la mesa. Tiene que alcanzarla, rápido.

Giulia no puede estar lejos, él solo ha tardado unos segundos en reaccionar. Piensa a toda velocidad: por fuerza ha tenido que girar a la derecha, hacia el centro y su casa. A la izquierda no hay más que una zona residencial donde ella no tiene nada que hacer. Echa a correr, de pronto reconoce su figura estilizada cruzando por el paso de cebra. Giulia entra en la tienda de delicatessen. Con disimulo, pega su cuerpo contra la pared exterior para observarla: parlanchina, encantadora. La imagina pidiendo consejo sobre quesos y embutidos selectos. El vendedor se acerca después un momento a los estantes de vinos de la región. Giulia elige una botella de tinto. De pronto, levanta los ojos en su dirección. Pollux se pega todavía más a la pared para que no lo vea.

«¿Adónde va con todo eso? ¿Para quién reserva esas exquisiteces?». Un deseo más imperioso que el de abordarla se impone: descubrir adónde va y, sobre todo, a quién va a visitar.

Cuando Giulia sale, se vuelve más discreto que una sombra. Deja que se distancie un poco para evitar que repare en él. Parece contenta. De pronto, la detesta por eso: ¿cómo puede haberlo dejado tan desesperado y acto seguido mostrarse tan tranquila? Lo ha borrado de su mente en unos segundos. El corazón le da un vuelco por efecto de la conmoción. Se siente traicionado, herido. Terriblemente decepcionado. Las uñas se le clavan en las palmas de las manos sin que él se dé cuenta. Las grandes aflicciones insensibilizan los dolores epidérmicos.

Continúa siguiéndola. No le resulta difícil en absoluto: parece que Giulia no preste atención a nada. Se detiene cuando la ve entrar en El bazar de la cebra con lunares. Claro, deben de quedarle aún detalles que resolver para ese chisme del detonador sensorial. Admira su temperamento trabajador. Varias personas se cruzan con él. Algunas lo miran de reojo. Su constitución imponente no pasa inadvertida.

Empieza a hacérsele larga la espera. Entonces aparecen Giulia y Basile cogidos del brazo. Su complicidad jovial ofende su tristeza. Basile lleva un manojo de llaves en la mano y se dispone a cerrar la tienda. Ella se lo quita y levanta la mano moviéndolo para incitarlo a que vaya a buscarlo. Pollux intenta comprender de qué va aquello. Basile se presta al juego. Intenta recuperar las llaves pillándola desprevenida. Falla. Ella ha sido más rápida. A Pollux le parece oír risas. El juego continúa. Pollux observa a esa Giulia traviesa que él no conocía. Le sorprende. Casi le hace daño cuando ve que ella esconde el manojo de llaves a su espalda y se mantiene erguida como una «i» frente al inventor, que no se resigna a darse por vencido, sino que da un paso adelante y se sitúa muy cerca de ella. Entonces la rodea con los brazos en busca de las llaves, que acaban cayendo ruidosamente al suelo. Pollux supone que él las recogerá. El nudo que se le ha formado en la garganta aumenta de tamaño. Pero el otro, en vez de apresurarse a recuperarlas, estrecha aún más a Giulia entre sus brazos y la besa lánguidamente. Pollux recibe la evidencia como un escupitajo en pleno rostro y se vuelve bruscamente. Eso es más de lo que puede soportar.

Un tsunami de emociones lo invade. Cruza la calle para echar a correr, para alejarse, a punto está de que lo atropelle una bicicleta que no había visto. La mirada se le nubla de tristeza, de rabia. No tiene la mente clara. Una vez en la acera de enfrente, se vuelve de nuevo y ve que la pareja se aleja abrazada, tambaleándose por la alegría de estar juntos, esa alegría ligera, etérea, que Pollux nunca conocerá con ella. Tropieza con un adoquín —la acera está levantada—, maldice en voz alta. Mierda de adoquín. Coge la piedra y le da vueltas entre las manos. Le entran unas ganas locas de arrojarla a lo lejos. Sorbe ruidosamente. No se ha dado cuenta de que las lágrimas corren por sus mejillas. Se limpia la nariz con la manga. ¿Qué más da que sea asqueroso? Total, ¿a quién le importa?

La ira ocupa ahora todo el espacio. El bazar de la cebra con lunares, allí, ante sus ojos, se burla de él. Si esa maldita tienda no hubiera abierto, el camino de Basile no se habría cruzado con el de Giulia. Y él habría tenido una oportunidad. Quizá.

—¡Cabrón!

En un último arrebato de rabia, Pollux arroja el adoquín contra el escaparate, que se rompe en mil pedazos. Sorprendido por la violencia de su gesto, retrocede espantado. Es como si el ruido ensordecedor lo hubiera despertado de su inofensivo ataque de locura. Murmura un «perdón, perdón» que no oye nadie y se da a la fuga mientras cae la noche.

Escena 38

«Basile, tienes una suerte alucinante», me digo observando mi reflejo en el espejo del vestíbulo del edificio. Acabo de dejar los brazos de Giulia tras una noche tan dulce como un *Nocturno* de Chopin. Llegó anoche como una Caperucita Roja con su cesto de delicatessen. Me fascinó durante toda la velada con su sentido del humor, salpicado aquí y allá con un sorprendente toque juvenil, y su femineidad, tan llena de sensualidad que parecía salida de un largo sueño. Al parecer, yo había conseguido, como en un cuento, despertarla. ¡Todo eso era una divina sorpresa! Yo sabía que ambos habíamos sufrido graves heridas a causa del amor. Así pues, avanzábamos con prudencia por el lago helado de Eros, Filia y Agapé. Nuestras respectivas historias pasadas habían dejado algunas fisuras importantes, pero deseaba creer que la intensidad de lo que sentíamos nos daría, antes o después, fuerzas para superarlas.

Tengo todavía presente su rostro bañado por la luz del amanecer, sus ojos soñolientos aún, pero ya iluminados por el resplandor conmovedor del deseo cuando se entremezcla con la ternura. Me sorprendo silbando en plena calle y sonriendo solo. Conecto entonces el teléfono móvil, que, ocupado como estaba con mis amoríos, había mantenido apagado desde ayer. Me sorprende que aparezca una decena de notificaciones. Justo en el momento en que llego al bazar, oigo el mensaje del agente de policía, al que unos vecinos avisaron anoche: ¡han roto el escaparate! Mi buen humor se va a tomar viento.

—¡No! ¡No puede ser verdad!

«¿Es que va a pasarme de todo con esta tienda?».

Constato consternado los daños. ¡Ha sido un acto de vandalismo deliberado! ¡Estoy harto de que la emprendan con El bazar de la cebra con lunares! No es necesario que haya una investigación para saber quién está detrás de este enésimo golpe bajo… Hasta ahora he sido educado y paciente, pero esto es demasiado. Si es preciso ir por las malas, estoy preparado.

De momento, lo que está claro es que esto es muy malo para el negocio: hay cristales por todas partes, no vale la pena plantearse la posibilidad de abrir. Me paso la mañana limpiando y realizando las diligencias necesarias en estas circunstancias. Llamar a la policía para hacer juntos la comprobación de los daños y presentar una denuncia, y luego a la compañía de seguros, a fin de dar parte del siniestro. Me dicen que posiblemente no se harán cargo de la reparación debido a que no había una persiana metálica para proteger el local, cláusula presente en el contrato escrita en cuerpo cuatro, en el anexo, página cuarenta y tres.

Puesto que no ha habido intento de robo, se trata de un caso de perjuicio puro. Si esta ciudad no me quiere, ¿por qué quedarme aquí? Por un instante me puede el desánimo. Debo de estar un poco cansado. Las últimas semanas han sido intensas, ¡me he empleado a fondo en todos los frentes! ¿Demasiados, quizá? ¡Contrarrestar los ataques de Louise Morteuil me ha exigido una energía de mil demonios! Pequeñas batallas que se suman a todo lo demás: montar el proyecto de detonador sensorial con Giulia, hacer que las propuestas del Baceblun funcionen, desarrollar el comercio en línea en el ámbito nacional e internacional, gestionar los asuntos cotidianos de cualquier negocio independiente e idear las incesantes respuestas a los sabotajes de Ciudadanísimo… ¡Todo eso me ha dejado hecho fosfatina!

Debo rendirme a la evidencia: soy un emprendedor al borde de un ataque de nervios. ¿Cómo voy a conciliarlo todo, si algunos disfrutan poniéndome continuamente palos en las ruedas? Me dejo caer en una silla y paseo la mirada por el escaparate hecho añicos. Hace un momento he llamado al cristalero. Catástrofe: como era de esperar, no hay existencias del modelo que elegí en un principio por su originalidad, y no podrán servirlo hasta dentro de dos semanas como mínimo. Unos empleados pasarán en un rato para colocar unas tablas que protejan la tienda mientras tanto. Lo cual, por añadidura, la sumirá en la oscuridad. ¡Lo ideal para vender, por supuesto!

Maldigo a Morteuil.

«Pero esto, como me llamo Vega, no va a quedar así».

Mi enfado es tal que empiezo a bosquejar mentalmente el contraataque. Me levanto para ir en busca del cuaderno a la trastienda y rápidamente plasmo las primeras ideas en las páginas en blanco. Mi estrategia se pone en marcha y empiezo a respirar mejor. Cojo el teléfono para contarle a Giulia lo que ha pasado. Oírla tan implicada y tierna por teléfono me serena en el acto.

—Giulia, he tomado una decisión…

—…

—Voy a cerrar El bazar de la cebra con lunares…

—¿Quééé?

—¡Espera! No me has dado tiempo a acabar la frase… ¡No he dicho para siempre!

Ella suspira aliviada.

—Creo que necesito tomarme un descanso. He pensado que…

—Dime.

—… que quizá podría cerrar la tienda dos o tres semanas, el tiempo suficiente para que las cosas se normalicen. Tomar un poco de distancia, ya sabes… Además, sería una ocasión para…

Ella me interrumpe.

—¡Para pasar un tiempo juntos! —exclama con un entusiasmo contagioso.

Sonrío y comparto su exaltación.

—¡Sí, eso desde luego! De hecho, pensaba que podríamos unir lo útil y lo agradable…

—¡Estás muy misterioso!

—Venga, ya está bien de suspense: ¿qué te parece si nos vamos dos semanas a París? Para estar una temporadita juntos y, al mismo tiempo, ver a algunas personas que podrían ser de utilidad para el detonador sensorial…

—¿Algunas personas?

—Quería darte una sorpresa: he conseguido quedar con tres inversores y distribuidores potenciales.

Ella acoge la propuesta con un sonoro y rotundo «Sí». Unas decenas de besos virtuales más tarde, colgamos. Mi optimismo ha recuperado su nivel máximo y llamo decidido al ayuntamiento. Cuando digo que deseo hablar con el alcalde, una secretaria me da una respuesta seca con toda la intención de sacudírseme de encima. Normal. Entonces le monto mi numerito de ciudadano indignado y le expongo con todo lujo de detalles los legítimos argumentos de mi descontento. Trato de ser explícito sobre la urgencia de mantener una entrevista con el máximo cargo electo, que seguiría siéndolo si mostrara suficiente preocupación por sus electores, sobre todo en un caso como el mío, comerciante respetable víctima de una injusta persecución. La cancerbera no empieza a prestarme atención de verdad hasta que menciono el apoyo con que cuento al más alto nivel del Estado, entre las más eminentes personalidades políticas, que sin duda no entenderían, si el asunto llegara a sus oídos, que el alcalde de Mont-Venus no hubiera tomado las medidas necesarias para defender una tienda como El bazar de la cebra con lunares, lugar que encarna el espíritu emprendedor y de innovación preconizado por el gobierno para salir de la crisis.

—Tengo pruebas que confirman ese apoyo —digo, a fin de hundir el clavo del todo.

No sin cierta satisfacción, nada más haber acabado mi perorata, oigo la frase mágica de la secretaria, pronunciada de mala gana con su voz desdeñosa:

—No se retire, voy a ver si está disponible…

Escena 39

Opus se da cuenta de que su ama está más alterada aún que de costumbre.

Esa mañana, él ha reclamado sus croquetas como hace siempre, con esa mímica sabiamente trabajada del morrito, mezcla equilibrada de expresión implorante y de ternura: ha tardado meses en perfeccionar la dosificación que le permite ver satisfechas de inmediato sus *desiderata* caninas. Sin embargo, todo ha ido mal. Ha tenido que añadir montones de gemidos de súplica para atraer la atención de su ama hasta que esta, exasperada, ha acabado cogiendo el paquete de pienso y ha vertido un poco en el comedero…, bueno, más bien al lado del comedero. En cuanto a la pequeña chuchería de paté para perros, enseguida ha comprendido que esa mañana iba a escamoteársela.

En señal de protesta, ha decidido mordisquear uno de los zapatos de tacón que Louise ha dejado olvidado detrás del sofá y utilizarlo como juguete improvisado. Después de todo, él también tiene derecho a dejarse llevar por sus impulsos, ¿no? Su ama no ha sido del mismo parecer cuando ha descubierto el tacón medio roído, y le ha llamado de todo lo que solo un gato puede merecer. Con el rabo entre las piernas, Opus ha ido a refugiarse en su cesto y se ha puesto de morros, pero su ama se lo ha impedido *manu militari*: al parecer, debían salir urgentemente. Lo ha agarrado sin contemplaciones y lo ha sujetado entre sus piernas a fin de mantenerlo inmóvil. ¿Se enterará algún día de cuánto odia el ridículo impermeable amarillo que le pone cuando llueve, cuyo material plástico le eriza el pelo?

Caminan desde hace diez minutos a buen ritmo. Opus intuye que no es momento de pararse en todas las farolas. Dejan atrás al humano que vive en el banco al pie del castaño marcado por el scottish-terrier negro con collar de pedrería, y no tardan en llegar ante el gran edificio de suelo frío en cuya entrada ondean al aire trozos de tela de franjas tricolores.

Para agradar a su ama, Opus sube con ligereza la gran escalera del ayuntamiento. A diferencia de ella, que no dice ni esta boca es mía, él obsequia con un balanceo del rabo a todos los humanos con los que se cruza.

Una señora que huele a pachulí los hace entrar en el inmenso despacho con parquet oscuro, que Opus conoce y aprecia por su alfombra mullida. Su ama se entrevista con el espécimen masculino de traje oscuro. Imposible dormitar como había planeado hacer: ¡estos humanos gritan como energúmenos!

—¡Este asunto ha llegado demasiado lejos, Louise!

—¡Diga simplemente que ya no quiere apoyar la acción de Ciudadanísimo, señor alcalde!

—En absoluto, Louise. Créame, valoro lo que su asociación hace por la ciudad, pero en todo hay que tener mesura. Ese tal Basile Vega ha venido a verme y me ha leído una lista de los ataques que ha sufrido su tienda…

Opus levanta distraídamente una oreja para percibir las variaciones en la entonación humana y calcular el índice de agresividad, como hace cuando dos perros están a punto de pelearse.

—¡Es un exceso, Louise! Los artículos denigrantes, la confiscación de los Brain-terminales, el escándalo de la Tag-box de responsabilidad discutible, el rechazo de la tienda en su página de internet… ¡Y ahora el escaparate roto!

Mi ama replica a voz en grito:

—¡Yo no tengo nada que ver con ese acto de vandalismo!

El espécimen masculino se aclara la garganta antes de anunciar:

—Hay cierta información que usted desconoce, Louise…

—Ah…

El humano macho saca un papel de una abultada carpeta negra y se lo tiende a mi ama.

—¿Qué es esto?

—Un pedido. Fíjese bien de quién procede, Louise.

—De… ¡la primera dama!

Opus yergue las orejas: tiene la impresión de que su ama se ha quedado sin respiración.

—¡¿La primera dama es clienta de El bazar de la cebra con lunares?!

—En efecto… Resulta que le encanta el concepto de la tienda en línea y ha decidido regalar varios objetos a amigos del entorno del presidente. ¡Como comprenderá, en estas condiciones no podemos continuar dando la espalda a ese emprendedor «original», que cuenta con el favor de personas situadas en el más alto nivel del Estado! Sería... ¡un imperdonable paso en falso!

El silencio que se hace inquieta a Opus.

—Lo comprendo, señor alcalde.

Su ama utiliza para contestar una desagradable entonación chirriante. Opus se frota la oreja con una de las patas posteriores, como para expulsar el ruido de su tímpano.

—¿Y qué espera de mí, señor alcalde?

El humano macho adopta una entonación dura. Debe de ser la manera que tienen de dar órdenes los de su especie.

—En primer lugar, quiero que retire El bazar de la cebra con lunares de la lista de comercios indeseables de su página web. En segundo lugar, deseo que se le devuelvan de inmediato los Brain-terminales a Basile Vega. Dejo que arregle usted misma ese asunto con el almacén del ayuntamiento. Y en tercer lugar, le pido que deje de escribir artículos negativos sobre la tienda. ¿Está claro?

—Muy claro, señor alcalde.

—Bien. Puede retirarse.

Su ama lo arrastra sin contemplaciones fuera del edificio y ambos se encuentran ahora bajo un calabobos horripilante. Mientras cruzan el aparcamiento al aire libre del ayuntamiento, lo obliga a detenerse junto a un coche con plaza reservada.

—¡Pipí, Opus, pipí! —repite una y otra vez, hasta que él obedece.

No es el día apropiado para contrariarla, de modo que, a fin de complacerla, deja un recuerdo delante de la portezuela del conductor, lo que le vale un elogio y una amable caricia. Luego su ama masculla:

—¡Eso le enseñará a no hablarme como a un perro!

Opus no ha entendido la alusión a la especie canina, pero, contento de haber podido satisfacer a su ama, camina a paso ligero.

Escena 40

—¡Has recuperado los Brain-terminales! —exclama Arthur, encantado de volver a verlos ocupando su lugar en la tienda.

Basile asiente distraídamente. Ya tiene la cabeza puesta en los preparativos.

—Bueno, estarás contento, ¿no? —insiste—. Las cosas van arreglándose, ¿eh?

No le gusta la expresión que ve en el rostro de Basile. No está tranquilo.

—No lo sé, Arth'… Tengo verdadera necesidad de tomar distancia para ver las cosas con perspectiva.

—¿Cómo que no lo sabes?

Nota que Basile respira hondo, como si ese excedente de aire inhalado fuera a ayudarlo a reflexionar mejor. No es buena señal.

—Pues, verás, es cierto que he ganado la última batalla gracias a mi contacto en el Elíseo y a ese pedido extraordinario de la primera dama, pero…

—Pero ¿qué?

Arthur teme lo que Basile va a decir.

—¡Desde que me he instalado aquí, todo se ha vuelto muy complicado! Demasiado. Louise Morteuil se ha calmado, pero ¿por cuánto tiempo? No sé si me apetece vivir en una ciudad que no desea mi presencia...

—¿Qué dices, Basile? ¡Aquí hay muchísima gente que te quiere! ¡Y en cuanto a los demás, quizá haya que darles un poco de tiempo para que asimilen el concepto!

Basile le dirige una sonrisa vagamente desilusionada. De pronto, Arthur siente como un agujero en el interior de su pecho. Él no. Otro abandono, no.

—No estarás pensando en instalarte en otro sitio...

—No sé... No sé. Intentaré aprovechar estas dos semanas en París con tu madre para mirar las cosas con perspectiva, ¿de acuerdo?

Arthur se da perfecta cuenta de que Basile se esfuerza por adoptar un tono de seguridad para no asustarlo, pero él sabe que se trata de una crisis grave. De repente, detesta esa ciudad, esa ciudad insignificante que lo ha hecho todo para desanimar a alguien tan genial como Basile, un hombre intrépido y rebosante de ideas, y de generosidad también; un hombre que le ha devuelto la confianza, que lo ha apoyado, como un verdadero amigo. Como... un padre.

Arthur se percata, incómodo, de que probablemente está desarrollando unos sentimientos más fuertes por Basile que por su propio padre. ¿Es eso malo?

Una gran bola se le atraviesa en el fondo de la garganta.

—Oye, no te vas a ir, ¿verdad?

Basile ha debido de percibir su angustia, porque lo agarra por los brazos para situarse cara a cara y lo mira directamente a los ojos:

—No te preocupes —dice con una sonrisa apaciguadora—. Pase lo que pase, no te abandonaré.

Aun así, Arthur no está tranquilo. Está acostumbrado a las bonitas promesas que hacen los adultos, que después no cumplen jamás. ¡No hay más que ver a su padre, que, con el pretexto de su actividad profesional, que le exige frecuentes desplazamientos, solo va a buscarlo cuando le viene en gana! Sin ir más lejos, durante las dos semanas que su madre estará en París, no podrá acogerlo más que cuatro días. Para el resto del tiempo, Giulia ha tenido que recurrir a sus amigas. En realidad, Arthur ve con buenos ojos este breve alejamiento, que le permitirá, por un lado, concretar la gran idea que le ronda por la cabeza para ayudar al Baceblun y, por el otro, pasar más tiempo con Mila… Su primera novia de verdad, que tiene el don de reblandecerle el cerebro y acelerar ostensiblemente sus pulsaciones cardiacas.

¡Y pensar que a su madre le preocupa dejarlo solo dos semanas! ¡Seguro que pasan demasiado deprisa! Arthur ha tenido que desplegar un arsenal de argumentos para convencerla de la conveniencia de que se vaya con Basile, una escapada que le permitirá, asimismo, dar un buen empujón al detonador sensorial.

Además, él ve con muy buenos ojos la relación entre Basile y su madre. La idea lo llena incluso de alegría. Hacía mucho que no veía a su madre tan radiante. De algún modo, eso le quita presión a él. Desde que su padre se marchó, de forma más o menos inconsciente, se ha echado sobre los hombros la responsabilidad de hacer feliz a su madre, que solo lo tiene a él, y a veces se siente abrumado, inútil, por no conseguirlo. La aparición de Basile ha traído un soplo de alegría a sus vidas. Y le descarga de ese peso.

Por eso es vital que tenga ganas de quedarse y de instalarse definitivamente en Mont-Venus.

El día de la partida, Arthur acompaña a Giulia y a Basile a la estación. En el andén, besa a su madre con ternura. Basile le da un breve abrazo y le dice unas palabras tranquilizadoras.

—No te preocupes. No tardaremos nada en volver.

Arthur ve subirse a las dos personas más importantes de su vida a bordo del tren de alta velocidad que les llevará a París. Su madre se asoma a la ventanilla. Arthur le dice adiós con la mano y le lanza un beso. El tren se aleja. Ahora le toca a él entrar en escena...

Escena 41

Desde hace unos días, Arthur solo tiene una idea en la cabeza: ¡demostrarle a Basile que la ciudad lo quiere y desea que se instale en ella de forma definitiva! En un tiempo récord, ha elaborado un plan ambicioso. Una petición de una nueva índole, algo nunca visto que podría causar un gran impacto. Solo un acto simbólico potente daría un vuelco a la situación. Debía alcanzar un doble objetivo: impresionar a Basile y cambiar su mala impresión de Mont-Venus. Pero también incorporar a la opinión pública a su causa. Basile representaba más que una tienda. ¡Ya fuera en el modo de comunicar, de emprender, de pensar o de interactuar, una de las prioridades de las empresas debía ser cambiar de velocidad y de siglo! La actitud de un hombre como Basile iba en ese sentido.

Arthur estaba sobreexcitado. ¡Nunca había tenido tanta energía, tanta voluntad de llevar a buen término un proyecto! Nada lo detendría. ¡Por Basile, se sentía capaz de mover montañas! Basile había hecho mucho por él, así que él no se resignaría a ver que se rendía y se marchaba de Mont-Venus, desanimado por un puñado de personas demasiado estrechas de miras para reconocer lo vanguardista que era.

Lamentablemente, su plan no vería la luz si no contaba con el beneplácito del ayuntamiento. Esta vez no podía permitirse actuar en la ilegalidad. Pero ¿quién se tomaba en serio a un adolescente de dieciséis años que iba por libre? De hecho, no le habían dado la posibilidad de hablar con el alcalde, ni siquiera había conseguido cruzar la barrera de la centralita telefónica. Después de haber dado vueltas a todas las soluciones posibles, ya al borde de la desesperación, llegó a la conclusión de que Louise Morteuil era la única que podría hacer algo por él. Todo dependía de ella. No tenía elección. Ella era a la vez el problema y la solución. Tenía que ir a verla… y convencerla.

Se ha levantado muy temprano para tener tiempo de prepararse psicológica y físicamente: bien peinado, vestido con su atuendo preferido, un toque de colonia para dar relieve a su masculinidad y echarse unos años más… Se ha pasado tres días y tres noches encerrado en casa preparando su concepto. Médine se presentó con unas hamburguesas para que se tomara un descanso y le dio su opinión: ¡es, según él, su obra más lograda! Teniendo en cuenta que su colega no es precisamente de los que van echando flores a diestro y siniestro, el cumplido no tiene poco valor… Y como Mila se ha mostrado de la misma opinión, la confianza en sí mismo se ha fortalecido. Aunque la simple idea de pedirle ayuda a Louise Morteuil le espeluzna, debe llegar hasta el final… Se ha informado: pasa por la asociación todas las mañanas antes de ir a la redacción del periódico en el ayuntamiento. A menos que se presente de improviso, ella no lo recibirá. Única solución: tener agallas. Necesita valor, pues el carácter de esa mujer le impresiona y teme sus reacciones. Las manos le tiemblan ligeramente. Qué más da. Ahora ya no puede echarse atrás.

Cuando, con su precioso *pressbook* bajo el brazo, llega al edificio donde se encuentra la sede de Ciudadanísimo, respira hondo y empuja la puerta. La asociación está en el segundo piso. Opta por la escalera y sube los peldaños de dos en dos. Una placa dorada indica que está en el lugar correcto. Llama. Abre ella. En persona.

—¿Qué haces tú aquí?

Por más que esperaba una acogida fría, su tono seco lo desconcierta.

—Tengo que hablar con usted.

—Yo no tengo nada que decirte.

Se dispone a darle con la puerta en las narices, pero él la bloquea con un pie y obliga a Louise a abrir.

—Usted va a escucharme, vaya que sí.

Arthur se mete en el piso empujando como un ariete y pilla por sorpresa a Louise Morteuil, que retrocede. La actitud del muchacho es tan decidida que ella acaba permitiéndole entrar.

—Muy bien. Ven por aquí.

Dos o tres personas de la asociación observan la escena con curiosidad. Arthur camina muy erguido para demostrar aplomo.

Louise Morteuil tiene un despacho acristalado que le permite aislarse sin dejar de vigilar la actividad de su equipo. Entra y cierra la puerta detrás de Arthur.

—Adelante. Te escucho.

No debe dejarse impresionar. El rostro de Basile en su mente le infunde valor para expresar todo lo que guarda dentro.

Le cuenta que Basile Vega, al valorar sus aptitudes, le ha permitido recuperar la confianza en sí mismo y le ha hecho tener esperanza en el futuro, pese a sus problemas con los estudios, mostrándole una tercera vía.

—A ese hombre le debo haber empezado de nuevo. Usted no tiene ni idea de lo que puede aportar a la gente, a la comunidad. No sé por qué se le metió en la cabeza acabar con él desde el principio, y eso es lo que he venido a aclarar hoy. ¿Por qué, señora Morteuil? ¿Por qué quiere hundir El bazar de la cebra con lunares? ¿Por qué le da tanto miedo esa tienda?

El rostro de Louise Morteuil se tensa.

—Yo me limito a cumplir con mi deber. No se trata de nada personal.

—¡No me creo ni una palabra! ¡Percibo desde aquí su animosidad hacia las personas «como nosotros»! Ese resentimiento... ¿de dónde le viene, eh?

Por la manera en que ella se ha quedado inmóvil, Arthur sabe que ha dado en el clavo. Louise contesta con una voz inexpresiva:

—Las personas «como vosotros», es verdad... Siempre os creéis más inteligentes que los demás, ¿no? Es mucho más fácil hacernos pasar por los malos, por pobres reprimidos que no entendemos nada de nada, ¿verdad?

Arthur nota que se le cierra la boca del estómago al recibir ese ataque. ¿Cómo explicarle que en esta historia hay que salir del círculo vicioso «quién está equivocado y quién tiene razón»? ¡Si todo el mundo se mantiene firme en sus posiciones, no hay manera de que nada avance! ¡Louise Morteuil está atrincherada en la crispación! Es absolutamente preciso que él desactive las tensiones para lograr su objetivo.

—No, en absoluto. Se equivoca, señora Morteuil. No pensamos eso. Lo único que queremos es llevar a cabo nuestros proyectos con tranquilidad...

—Llevar a cabo vuestros proyectos con tranquilidad... —En su rostro aparece un rictus amargo—. ¡Te ha comido bien el coco tu mentor! Porque, vamos a ver, ¿te ha hecho creer que vas a poder forjarte un porvenir sin pasar por la casilla «esfuerzo y trabajo en los estudios», sin amoldarte al rigor y a la disciplina del aprendizaje?

—No... No me ha hecho creer nada semejante. Soy muy consciente de que es necesario esforzarse para tener éxito. Solo que no se llega a nada sin motivación, y yo la había perdido por completo. ¡Lo que lo ha cambiado todo, y ha provocado un clic en mi cabeza, es que él me ha mostrado que podía disfrutar con el esfuerzo y obtener verdadera satisfacción trabajando en proyectos que me gustan! ¿Por qué hay que sufrir para merecer algo?

Las palabras de Arthur hieren visiblemente a Louise Morteuil.

—Pero ¿qué sabes tú de la vida, con dieciséis años? ¡Yo sé los estragos que causa dejar que novatos de tu especie crean que la vida puede ser otra cosa que trabajo duro, sin esfuerzo por salir adelante! ¡La visión de tu amado Basile es infinitamente más atractiva, por supuesto, infinitamente más divertida! Pero no te abre los ojos a la realidad de la existencia. Yo he sido testigo de adónde ha llevado a mi padre y a mi hermano pensar esas cosas...

Tras esta confesión, Louise Morteuil se da media vuelta para que él no pueda verle la cara. Pasa un ángel. Arthur contiene la respiración: ha encontrado la grieta. Se adentra en ella con un tono de voz más sosegado.

—Pero yo creo que nada debería ser todo blanco o todo negro, y, sobre todo, que deberíamos desconfiar de las opiniones demasiado tajantes... ¿Quién le dice que yo no le doy la razón en la importancia que tiene poner marcos, o despertar el gusto por el esfuerzo y la disciplina? ¡Si supiera la cantidad de horas que Basile y yo hemos trabajado para convertir sus inventos en una realidad! Créame, he tenido que esforzarme y ser riguroso, pero cuando trabajo en ese tipo de proyectos no miro el reloj y el tiempo se me pasa volando...

Louise Morteuil se vuelve de nuevo hacia él.

—¿A qué has venido exactamente? ¿Quieres que te aplauda, que te dé mi bendición para tu futura carrera de artista bohemio?

Arthur se aclara la garganta antes de proseguir su alegato.

—Señora Morteuil —dice lo más pausadamente posible—, Basile Vega ha cambiado mi vida, y puedo asegurarle que ha sido para bien. Pero resulta que todas las acciones emprendidas por su asociación, su trabajo para desacreditarle, han acabado quitándole las ganas de quedarse en la ciudad... Y para evitar que se vaya he ideado una petición un poco especial, algo grande y sorprendente para demostrarle que los habitantes de Mont-Venus lo aprecian y no quieren que El bazar de la cebra con lunares cierre. Pero la realización de este proyecto requiere la autorización del alcalde, y para obtenerla necesito su colaboración.

Louise Morteuil echa un vistazo al dosier que Arthur ha sacado de la mochila. Le dedica unos instantes en los que no dice nada. Él ve que sus cejas se mueven. Parece sorprendida.

—Es muy ambicioso, en efecto. —Levanta la vista hacia él, con una expresión de nuevo impenetrable, el entrecejo fruncido, a la defensiva—. Pero ¿qué te hace pensar que tengo algún interés en ayudarte?

Es el momento crucial de la confrontación final. O sus argumentos convencen, o es el fin.

La mirada de Arthur se detiene en una colección de cuatro espléndidas mariposas de fino grafismo negro y blanco realzado por un ribete rojo, expuestas en una caja-marco de madera oscura.

—Unas mariposas tan bonitas encerradas en esa caja, clavadas con alfileres… ¿No le parece una lástima?

—No veo la relación.

—Y sin embargo, ¡ese es el meollo del asunto, señora Morteuil! ¡Todos tenemos que liberar nuestra parte mariposa! Yo, usted… Todos llevamos dentro esa parte sensible, creativa, libre, maravillosa cuando se abre, pero que a veces ha permanecido clavada con alfileres en una caja de madera como esta, lo que le ha impedido desarrollarse…

—…

Ella lo mira fijamente sin saber qué decir. Arthur aprovecha ese silencio para exponer sus argumentos, que parecen dar en el blanco.

—En eso se resume el planteamiento de Basile y la filosofía de El bazar de la cebra con lunares: liberar nuestra parte mariposa. —Hace una pausa, como en el teatro—. Usted es una mujer inteligente, señora Morteuil. La ciudad la necesita a usted y a su asociación. ¡Ser buen ciudadano tiene sentido, incluso para mí! Velar por que se transmitan los valores, tener en consideración la cultura, la calidad de vida, ¡todo eso me parece estupendo, en serio! ¡Pero también necesitamos a un Basile! ¡Si pudiera usted abrir los ojos a lo que aporta en cuanto a inventiva, espíritu de apertura, modernidad en su filosofía!...

—No sé... Quizá...

¿Ha dicho «quizá»? ¿Está Arthur ganando terreno?

«No darse nunca por vencido...».

Se acerca al marco de las mariposas y lo descuelga de la pared.

—Sinceramente, ¿no está harta de verlas encerradas aquí?

Louise Morteuil coge el marco y mira las mariposas clavadas dentro de la caja como si las viera por primera vez. Arthur permanece detrás de ella y le susurra sus últimos argumentos.

—Además, a mí me parece que habría que liberarlas simbólicamente de esa caja... Sí, eso es: ¡devolverlas a la tierra! Quizá así podrían renacer de otra manera, ¿no cree?

Arthur deja que sus palabras resuenen en la habitación. Louise Morteuil lo mira directamente a los ojos.

Él percibe que su energía ha cambiado.

—Te he escuchado. Ahora tienes que marcharte.

—¿Me promete que pensará en esto?

Arthur escribe sus datos de contacto en un trozo de papel y lo deja sobre la mesa.

Ella no responde. Él se va, incapaz de saber si ha conseguido convencerla de que le ayude o no.

Escena 42

Louise Morteuil está muy alterada por la visita de Arthur. Coge el marco de las mariposas y lo cuelga nerviosamente en la pared, atenta a que quede bien recto. Los elementos de esa extraña conversación se agolpan en su cabeza. De pronto se siente exhausta por esa escena, pero quizá también por los años de lucha, peleando por una causa que la coloca invariablemente en el lado de los ceñudos, de los aguafiestas... Ya no sabe muy bien dónde está lo correcto.

Incapaz de trabajar, por primera vez desde hace siglos toma la decisión de no ir al periódico. Avisará por teléfono de que no se encuentra bien.

Llama a Opus, que acude de inmediato, y juntos echan a andar hasta el aparcamiento subterráneo donde está su coche. Conducir hasta que tenga las ideas claras, eso es lo que se le ha ocurrido hacer.

Opus ladra, a todas luces contento de este giro inesperado, y, sin hacerse de rogar, sube de un salto al asiento del acompañante. Louise Morteuil sale de la ciudad y toma pequeñas carreteras locales, propicias para los viajes sin un destino concreto. No tiene ni idea de adónde va; de repente, el hecho de no saber la alivia. Se da cuenta de que tiene las manos crispadas sobre el volante y deja de apretarlo. Tal vez todo está ahí, en ese simple gesto, el de relajar la presión, salir del papel abrumador de la persona que lo controla todo.

Piensa en su vida y en la sucesión de oportunidades perdidas a causa de ese rasgo de su personalidad, empezando por su matrimonio. Comprendió demasiado tarde que el amor no se puede dirigir. No era consciente de hasta qué punto podía ser agobiante, con su deseo de controlarlo todo, ni de cuánto había sufrido su marido por esa falta de espacio de libertad en el seno de la pareja. Esa experiencia frustrada de vida conyugal la había privado también de la maternidad. Se había dedicado en cuerpo y alma al trabajo, además de comprometerse en una causa que le parecía lo suficientemente noble para justificar todos los sacrificios. Esta entrega voluntaria tan acaparadora no le había permitido construir una nueva pareja. Aunque no se encontraba mal así, o al menos se convencía a sí misma de ello.

A medida que se aleja de la ciudad, el paisaje campestre se vuelve un poco desolado.

A imagen y semejanza de su panorama social. Un entorno despoblado. Ante ese vacío siente frío, mucho frío.

De repente se le aparece la imagen de su familia: su padre, su hermano, su madre... No les ha hecho una visita desde la Navidad pasada. Se había obligado a pasar con ellos el tiempo que se tarda en tomar un té, el mínimo para no tener mala conciencia... Cada vez que va tiene la desagradable impresión de turbar una felicidad de cuento de hadas. Su armonía tiene la insoportable alegría de un arcoíris directamente salido de *Pleasantville*, la película de Gary Ross. En cierto modo, ella desentona. Sin embargo, siempre la recibían bien... Intentaban mantener una conversación, se interesaban por las novedades...

Louise repasa mentalmente la película de esos momentos y ve su actitud cerrada, su mirada crítica sobre ellos.

A su pesar, una rabia antigua surge de nuevo: ¿de quién es la culpa, si ella nunca se ha sentido integrada con los suyos, si por su falta de sentido artístico le daba la impresión de que era la oveja negra? ¿Eran conscientes de lo mucho que había sufrido ella por ese motivo?

Una lágrima brilla en la comisura de los ojos de Louise. Se apresura a enjugar con el revés de la mano ese testigo molesto de sus sentimientos. Su diálogo interior prosigue.

«Tienes derecho a estar enfadada, Louise. Pero ¿cómo quieres que lo sepan si no los ves y no les hablas?».

Ella formula las preguntas y las respuestas.

«¿Y por qué tengo que ser siempre yo quien dé el primer paso? Reconócelo, ellos han dado pasos para acercarse a ti… Pero ¿te resultaba satisfactorio mantenerte firme en tus posiciones?».

Louise pone el intermitente y se detiene en el arcén. Apoya la cabeza en los brazos, sobre el volante.

«¿Es posible que me haya mostrado un poco demasiado… intransigente? ¡Pero es que se lo merecían! ¿Han intentado alguna vez comprenderme a mí? ¡Ya, pero mientras tanto la que sale peor parada eres tú! La que se pasa los domingos trabajando y los días de fiesta brindando con la tele…».

Louise Morteuil levanta la cabeza y mira a lo lejos. Una carretera recta hacia ninguna parte.

Decide cambiar de dirección. Hacer una visita a su familia seguramente es una idea absurda. Y por eso mismo, en ese momento, esa iniciativa la reconforta.

Treinta minutos más tarde aparca frente a la casa familiar y se dirige a la puerta andando. Se queda un instante con el dedo en el aire cerca del timbre. ¿Cómo reaccionarán ante esta visita inopinada?

Llama. Alguien aparta una cortina. Su madre aparece detrás de la ventana y frunce el entrecejo a causa de la incredulidad que le produce ver a su hija al otro lado de la verja. Sale de la casa secándose las manos con un paño de cocina y va a su encuentro.

—¿Qué haces por aquí? ¿Te has perdido? —bromea con un toque de reproche en la voz—. Los hombres están en el taller. ¿Te quedas a comer?

Louise asiente. Incómoda, no sabe qué decir. Prefiere escapar.

—Voy a saludarlos…

—¡Ve, ve! ¡Así tengo tiempo de añadir un cubierto!

Louise se dirige al almacén. La gravilla cruje bajo sus pies. Encuentra a su padre y a su hermano trabajando en una pieza esculpida: un mueble de madera en el que destaca una cabeza de gato de porte altivo, cuyo abdomen es un cofre con puertas que se levantan para formar unas alas.

—¡Lizzie!

Su hermano es el único que la llama así.

—Louise, ¿eres tú?

La pregunta de su padre le molesta. ¡Pues claro que es ella! ¡Un poco pronto para ser su fantasma!

Los dos hombres se le acercan y la besan sin mucho entusiasmo. Louise, siempre tan segura de sí misma, se siente torpe ante ellos y no sabe muy bien qué hacer.

—¿Os molesto?

Su padre se aclara la garganta y su hermano mira al suelo.

—Estamos acabando una pieza. Dándole barniz.

—Ah... ¿Puedo ayudaros?

Su padre y su hermano cruzan una mirada de sorpresa: es la primera vez que Louise propone unirse a ellos para colaborar en uno de sus trabajos.

—Mmm..., sí, si quieres... Coge un delantal de allí.

Cuando regresa con una bata que le queda demasiado grande, su padre, medio sonriendo, le tiende un pincel. Ella lo mira. Duda. Lo coge.

Durante la hora que sigue no cruzan una sola palabra, pero es un silencio teñido de la esperanza muda de asistir a la recuperación de la calidez en sus relaciones.

Llega el momento de la comida. Su hospitalidad natural termina de romper el hielo. Algo excepcional le sucede a Louise: ¡por fin se relaja!

Se meten con ella por el tiempo que ha pasado desde la última vez que los visitó, pero, en el fondo, no parece que le guarden rencor por ello.

Una horrible duda oprime a Louise: ¿y si durante todos esos años se hubiera castigado a sí misma manteniéndose apartada de su familia? ¿Y si se hubiera encerrado en los prejuicios, enclaustrado en sus certezas? ¡Es verdad que los suyos se alejaban mucho de sus marcos de referencia! Sin embargo, parecían felices, orgullosos de su singularidad. Habían encontrado su lugar. Y, pese al desajuste evidente entre sus universos, seguían siendo una familia.

Cuando su padre, su madre y su hermano la acompañan al coche, su padre hace un aparte con ella. No sabe muy bien cómo empezar:

—… Sé que las cosas no siempre han sido fáciles entre nosotros, Louise, pero… no creas que no me habría gustado que pasáramos más tiempo juntos… y que pudiéramos hablar más abiertamente.

Louise siente que la invade una emoción extraña. Se oye contestar:

—Sí… A mí también, papá.

La sonrisa desvía la atención de los ojos empañados.

—Bueno, ven a vernos otro día, pero no tardes seis meses, ¿eh?

—Te lo prometo.

Se abrazan brevemente y Louise sube al coche.

Los tres le dicen adiós con la mano. Ella se sorprende haciendo lo mismo.

Se pone en marcha, tranquila y feliz como no lo ha estado desde hace mucho tiempo. Este bonito paréntesis campestre también parece haberle sentado de maravilla a Opus, que, tras mover el rabo con evidente satisfacción unas cuantas veces, se ha dormido como un bendito.

Mientras el coche devora kilómetros, Louise piensa en Arthur, en su extraño proyecto de petición, en su vehemencia, en su energía, en su asombrosa forma de luchar para acudir en ayuda de Basile Vega. La verdad es que, pese a sus extravíos pasados, ese chaval no anda corto de valor. En cierto sentido, eso se merece respeto.

«Quizá ha llegado el momento de que reconozca que he cometido algún error…».

Dos días más tarde, sale del ayuntamiento caminando apresuradamente, con Opus tras ella. En una mano lleva un papel con la dirección a la que debe ir. En la otra, una bolsa que le golpea la pantorrilla al ritmo de sus pasos. No vale la pena coger el coche, no va lejos.

Cuando llega a su destino, llama a la puerta. Una señora de pelo castaño abre. Louise pregunta por Arthur. El adolescente aparece en el umbral.

—¡Señora Morteuil!

Parece atónito de verla allí.

—Ya está.

—¿El qué? ¿Qué es lo que ya está?

—El permiso. Lo tienes. Para tu proyecto.

El rostro del chico se ilumina de alegría. Louise Morteuil mete una mano en la bolsa para sacar un objeto. Arthur la mira sin comprender.

—Y quisiera que me enseñaras...

—¿Qué?

—Qué hay que hacer para...

—¿Para qué?

—¡Para devolver las mariposas a la tierra!

La procesión funeraria de los lepidópteros tuvo lugar en el jardincillo Alboni. Adiós, marco sarcófago y tristes alfileres que perforaban el grácil cuerpo de las pequeñas mariposas. Ahora revolotean de nuevo en el corazón y la mente de sus dos libertadores.

Escena 43

He recibido un mensaje de Arthur: estará esperándonos en el andén cuando llegue el tren. Noto que Giulia está impaciente por ver a su hijo después de estos quince días de ausencia. La estancia en París ha resultado muy positiva para el futuro del detonador sensorial y, por si fuera poco, particularmente agradable para unos jóvenes enamorados. Tomar distancia en relación con los acontecimientos recientes, alejarnos unos días de Mont-Venus, ha sido nuestra salvación. Pasar estos días en el corazón de la ciudad más romántica del mundo no ha estropeado en absoluto, ni mucho menos, el placer de este viaje que en un principio iba a ser de carácter profesional.

Tanto el uno como el otro sabíamos que éramos frágiles, que aún estábamos magullados por nuestro pasado sentimental, con unas heridas de esas que, quieras o no, te vuelven más desconfiado, más reticente al compromiso. Así pues, estábamos de acuerdo en darnos tiempo e ir pasito a pasito, sin la presión del mañana y otras proyecciones a largo plazo.

No obstante, mirando a Giulia mientras lee concentrada su diario, con la cabeza inclinada hacia un lado, tengo la certeza de que nuestra historia no puede ser un amor pasajero… La profundidad de lo que nos une me sorprende, y soy consciente del carácter casi providencial de este encuentro.

Precisamente por eso, no quiero estropearlo. Conozco las dificultades que entraña incorporar a alguien a la vida de uno. Las costumbres solitarias son unas compañeras dominantes. Atreverse a hacerle sitio de verdad a otro es un reto. De mí depende aceptarlo.

Giulia levanta la vista y, al verme, me sonríe. Eso acaba con mis dudas. Sí, me siento confiado. Por ella, mi intrepidez no tendrá límites…

Llegamos a la estación.

Arthur está allí. Abrazos. Risas. Efusiones. Está contento de ver a su madre, y también, salta a la vista, de verme a mí. Me sorprendo sintiendo una alegría en estado puro.

—¡Venid! Nos esperan…

—¿Cómo es eso?

—¡Chisss…! ¡No puedo decir nada!

Ha tramado algo. Lo encuentro conmovedor. Es verdad, ha venido a buscarnos un coche. Pregunto adónde vamos: «¡Sorpresa!», es la única respuesta que consigo arrancarle a Arthur.

—¿No pasamos por casa? —pregunta sorprendida Giulia, que habría preferido dejar allí sus cosas.

—No, imposible. No hay tiempo… —replica el adolescente, enigmático.

Intrigados, le seguimos el juego.

Recorremos las calles de Mont-Venus, a las que vuelvo

con afecto. Estamos cerca de la tienda. ¿Por qué querrá Arthur llevarnos allí?

Nos encontramos a un centenar de metros de El bazar de la cebra con lunares y tengo la impresión de que a sus puertas hay un grupo de gente reunida. Incluso han instalado unas vallas para que no circulen vehículos por este tramo de calle. Sobre unas mesas se ven cócteles multicolores. Reconozco al alcalde de pie detrás de un micrófono, sobre una tribuna improvisada, preparado para tomar la palabra. El coche se detiene a unos metros de allí.

Arthur se vuelve hacia mí con una sonrisa radiante.

—¡Vamos, acércate! —dice, invitándome a que vaya a descubrir mi sorpresa.

Bajo del vehículo, atónito, y me acerco a El bazar de la cebra con lunares, que dejé quince días atrás en un estado lamentable, con unos paneles tapando el escaparate roto.

Los paneles siguen ahí, pero el espectáculo que me encuentro me deja sin habla.

Arthur está a mi lado, con los ojos brillantes de orgullo.

—¿Has sido… has sido tú quien ha hecho eso? —balbuceo.

Él asiente con la cabeza.

Ante mis ojos se extiende un impresionante fresco. Un realismo increíble, un impacto visual desconcertante, un simbolismo sorprendente. Arth' aborda el arte callejero como poesía urbana.

¡El fresco es la expresión misma del espíritu libre!

Un presidiario con su característico traje de rayas blancas y negras monta una cebra encabritada y orgullosa.

Con el movimiento, las rayas del presidiario y de la cebra se mezclan y se transforman en cintas que danzan al viento. El conjunto simboliza maravillosamente bien el espíritu de mi tienda: ¡la libertad de pensar, de crear, de emprender!

El presidiario... ¡Es todo un hallazgo esa imagen para encarnar nuestras inhibiciones, nuestros miedos, esas creencias que aprisionan nuestras ideas audaces e impiden que se hagan realidad!

¡Qué bella metáfora de la prisión de la mente que se construye uno mismo, con los barrotes del miedo al juicio ajeno, a la mirada de los otros, al fracaso...!

Se lo he dicho muchas veces a Arthur: «No hay fracasos. Solo experiencias».

Las rayas del presidiario son grietas. Me gustan las palabras de Michel Audiard:

Bienaventurados los rayados, porque ellos dejarán pasar la luz.

Miro esa cebra que, orgullosamente encabritada, reivindica su atipicidad y su singularidad.

¡Como si Arthur la hubiera convertido en la figura emblemática del «ser uno mismo»!

«Estar donde uno debe estar, ese es el gran reto», me digo.

¿Y el marco de lo socialmente correcto?

La cebra es lista: juega con el marco. Se adapta lo justo a las normas sociales y se libera del resto para afirmar su personalidad.

La elasticidad y la flexibilidad de la mente abren posibilidades.

Al acercarme al fresco, me quedo impresionado por la técnica empleada: está claro que no es una obra clásica realizada con pintura en espray. No. Arthur ha ideado un procedimiento mucho más ambicioso y complejo. Toda la imagen es un entramado, como algunas obras del pop art. En imprenta, la trama es una red de puntos que permite reproducir las imágenes, ya que, en realidad, estas están constituidas por una multitud de píxeles que no se perciben de forma individual, salvo que se aumenten lo suficiente.

Y ahí es donde Arthur ha tenido una idea increíble: concebir una imagen gigante en trama, utilizando, a modo de píxel, el logo redondo de la cebra con lunares.

Mirando más de cerca, una nueva sorpresa me salta a los ojos: en el interior de cada píxel-logo cebra, veo una firma. Cientos de puntos, cientos de nombres… Me vuelvo hacia Arthur en busca de su explicación. Comprendo que se trata de una especie de «petición visual vanguardista», mediante la cual los habitantes de Mont-Venus han querido manifestar su apoyo a El bazar de la cebra con lunares. ¡Y los que aprecian mi iniciativa son muchos más de los que yo pensaba! El corazón se me acelera: ¿quizá, después de todo, Mont-Venus no quiere que me vaya?

Arthur señala entonces con el dedo el logo cebra firmado por Louise Morteuil.

—Hemos hecho las paces, ya te contaré… —me dice.

Mi mirada pasa también sobre uno firmado por Pollux, en el que me parece leer un minúsculo: «Perdón».

Mientras el alcalde se dispone a tomar la palabra, Giulia se acerca a mí y me coge la mano. Arthur se queda a mi izquierda, muy cerca. Me siento feliz.

El alcalde pronuncia unas palabras cordiales sobre la tienda, tras lo cual se embarca en un discurso florido acerca del espíritu de innovación y emprendimiento que constituye el orgullo de la ciudad. Mi mente se aleja.

Pienso en mi peculiar vida. En esa cosa curiosa que son las trayectorias, esas direcciones que la existencia nos impulsa a tomar.

En matemáticas y en ciencias físicas, la trayectoria es la línea que describe un objeto en movimiento. En ciencias humanas, una trayectoria informa de las etapas y los pasos de un individuo en el transcurso de su vida.

Pero ¿una trayectoria humana puede ser lineal? ¿Qué aspecto tendría la línea de mi trayectoria vital para informar de sus giros, sus retrocesos, los zigzags de sus titubeos, las partes borradas o suprimidas, las zonas tachadas, sus trepidaciones en forma de sobresaltos sinusoidales?

La que yo me he trazado es una trayectoria particular, un pelín rara. No se parece a ninguna otra. Se parece a mí. ¿Y no es eso lo que cuenta, en definitiva?

Miro a los presentes, que me saludan cordialmente con la cabeza, y me digo que, al final, el niño que vino de otro planeta ha conseguido hacerse un pequeño hueco entre los terrícolas.

El alcalde anuncia su intención de exponer de forma permanente la obra de Arthur en el gran vestíbulo del ayuntamiento. No como un Muro de la Paz, pero casi. Algo semejante a un muro del sonido. Un muro que se puede atravesar superando las barreras invisibles de los miedos y los juicios de los demás, para estar más en todo lo que implica apertura, valor, inventiva... El Muro de los Espíritus Libres.

... El Muro de la Intrepicidad.

El diario de Basile

Queridos amigos de *El bazar de la cebra con lunares*:

Me complace poner a vuestra disposición estas notas para permitiros entender mejor mi filosofía de la Intrepicidad y las nociones esenciales que gravitan a su alrededor.

Soñar sin límites, pensar sin restricciones, atreverse a dar rienda suelta… ¡Creo firmemente en vuestro potencial de intrépiunos! Ojalá podáis desarrollar plenamente vuestra singularidad, pues ser fiel a ella es, creo yo, el modo más seguro de encontrar el camino de la felicidad.

Buen viaje.

Creativamente vuestro,

Basile

❦ La intrepicidad

La intrepicidad, palabra de mi invención que compacta «intrepidez» y «tenacidad», preconiza un sistema de pensamiento abierto a otra forma de abordar la vida.

La intrepicidad es una postura mental positiva que genera el impulso de motivación y la energía indispensables para atreverse a actuar, reaccionar e inventar soluciones creativas en cualquier situación.

Para comprender en un santiamén la filosofía de la intrepicidad, basta reemplazar la disposición mental del **sí, pero…** por la disposición mental del **sí, y…**

El **sí, pero… es un estado mental ideicida, castrador**, que desde el principio pone frenos y bloquea las posibilidades de innovación, de reacción y de salida del problema. El **sí, pero…** tiene tendencia a crear tensiones y a enfrentar las opiniones.

A la inversa, el **sí, y…** es un estado mental abierto, constructivo, positivo, que discute soluciones y no problemas, y alienta más la creación cooperativa que las rivalidades.

En términos de análisis transaccional (herramienta de psicología que desarrolló Éric Berne), el **sí, pero…** es a la vez la voz del padre normativo y del adulto, que piensan con filtros y una tabla de evaluación pragmática, priorizando lo racional, lo razonable, lo conocido y lo cuantificable. El **sí, pero…** piensa en términos de obligaciones, de viabilidad, de realismo.

El **sí, y…** contacta más bien con la parte «niño libre» que hay en uno, creativa, independiente y espontánea. Abre el campo de lo posible, se atreve a salir de la zona de confort para ir a explorar nuevos territorios.

El sí, y… se permite actuar, mientras que el sí, pero… frena o bloquea.

La intrepicidad tiene como objetivo eliminar la compartimentación de la mente para salir de un modo de pensamiento excesivamente normativo y limitador, a fin de desarrollar recursos interiores favorables a la realización personal, como la intrepidez, la curiosidad, el entusiasmo, la voluntad y la tenacidad.

✎ El intrépiuno

Def. **intrépiuno** – sustantivo masculino singular: se denomina así a los intrépidos únicos en su género, puesto que son totalmente singulares.

Origen del término: «intrépiuno» es el singular de «intrépidos», porque es solo «uno» y no «dos».

P. D.: Esta es otra palabra que he inventado yo para subrayar la singularidad de cada persona en un proceso de intrepicidad.

Ni que decir tiene, un intrépiuno es un incondicional de la intrepicidad.

El núcleo de su disposición mental:

Ampliar su visión, pensar fuera del marco social, abrir el campo de los posibles…

Y, por supuesto, cultivar el **sí, y…**

¡Cuando se tiene un sueño que forma parte de uno mismo, hay que evitar sobre todo no empezar por torpedearlo con una sarta de **sí, pero…**! Una semilla de sueño es algo frágil, es preciso tratarla con delicadeza y sumo cuidado.

¡Pero, reconozcámoslo, el **sí, pero…** nos conoce muy bien!

Sí, pero… ¡no sabrás cómo hacerlo!

Sí, pero… ¡será demasiado caro!

Sí, pero… ¡la competencia será demasiado dura!

Sí, pero… ¡no conseguirás conciliarlo todo!

Objetivo: desaprender el «sí, pero…» para reemplazarlo por el «sí, y…».

La postura del **sí, y...** permite **el pensamiento «varita mági-ca»**, muy beneficioso en los comienzos de un proyecto soñado.

Se trata de jugar a: **«¿Y si... todo fuera posible?»**. Eso permite dejar que emerjan ideas y soluciones particularmente interesantes, pues se hallan liberadas de manera temporal de todo tipo de frenos y limitaciones.

En una segunda etapa, y solo entonces, acotamos, clasificamos las ideas, recurrimos a criterios de selección, tomamos decisiones.

✆ La intrepicidad al alcance de la mano

¿Cómo aplicar concretamente el principio de intrepicidad?

Aquí tenéis un truco nemotécnico infalible para recordar el método, gracias a los cinco dedos de la mano:

✦ **El pulgar da el impulso**
   Imagen en la mente: el pulgar levantado, el «sí rotundo», es el *yeah power*, sinónimo de entusiasmo y de aprobación. El desencadenante y el carburante de todos vuestros proyectos. ¡El efecto «es genial»!
   Lo que hay que hacer: identificar vuestras palancas de motivación, las que os dan la fuerza y las ganas de pasar a la acción. Esa energía positiva será el verdadero empujón para alcanzar vuestros sueños.

✦ **El índice muestra la dirección que hay que seguir**
   Imagen en la mente: el dedo que apunta hacia el destino, hacia el objetivo final, hacia el sueño que os da alas y deseo de mover montañas. ¡El efecto «eso es lo que quiero»!
   Lo que hay que hacer: ir allí donde se necesiten vuestras aptitudes y habilidades. Desarrollar una visión clara de ese «lugar» adecuado para vosotros.

✦ El corazón se impone

Imagen en la mente: el dedo que dice *Fuck!* a los detractores (atrevámonos a decirlo).

Lo que hay que hacer: estimular la confianza en vosotros mismos, creer en ella, hacer oídos sordos a las personas negativas, pesimistas o pusilánimes. Pensar *fuck!* os ayudará a tener la osadía de «adaptaros» menos. La intrepicidad es también ser más rock'n'roll en vuestra mente.

✦ El anular busca las alianzas

Imagen en la mente: el dedo que lleva el anillo. El efecto «la unión hace la fuerza». ¡Para tener éxito, conviene estar bien rodeado! No se hace nada solo…

Lo que hay que hacer: desarrollar un espíritu de creación cooperativa, suscitar encuentros sílex, relacionarse con las personas adecuadas, positivas, complementarias, capaces de generar una emulación prometedora para vuestros proyectos.

✦ El meñique tiene antenas

Imagen en la mente: «mi dedo pequeño me ha dicho». El chiquitín simboliza vuestra «antena», vuestro timón interior.

Lo que hay que hacer: estar atentos a vuestra intuición y vuestras emociones para ir ajustando el tiro a medida que avancen vuestros proyectos, para saber lo que es «adecuado» hacer.

Segunda imagen en la mente: «el pez pequeño se hará grande». *Think big but start small.* Los mayores éxitos empezaron por ser pequeñas conquistas.

Lo que hay que hacer: convertíos en el Pulgarcito de vuestros sueños y veréis cómo estos no tardan en calzarse las botas de siete leguas.

¡Esta es la mano de la intrepicidad!

La mano que se atreve y cuyo puño cerrado encarna la determinación, el valor y la perseverancia.

❧ Los enemigos de la intrepicidad

La apatía. La formación de juicios. El hipersentido crítico. La ansiedad crónica.

Las proyecciones ansiosas y negativas. El hipercontrol. Las falsas creencias.

Los miedos. El aburrimiento.

> Una buena idea: identificar vuestros frenos y, en caso necesario, recurrir a la ayuda de un profesional (*coach* o terapeuta) para eliminarlos.

✤ Hacerse cerebralmente ambidextro...

Cerebralmente zurdo, cerebralmente diestro... ¿Y por qué no más bien **ambidextro**?

La idea: aprender a utilizar las potencialidades de los dos cerebros.

El beneficio: darse aún más **envergadura** y una sensación de **completitud** explorando todas las facetas de uno mismo.

El **cerebro izquierdo** se asocia al razonamiento lógico y racional, y el **cerebro derecho**, a lo intuitivo y lo emocional.

¡Una buena noticia! Todas esas aptitudes pueden desarrollarse, puesto que el cerebro es un músculo que se trabaja.

Se trata de entrenar las partes del cerebro a las que tenéis menos costumbre de recurrir. En especial para desarrollar las aptitudes del cerebro derecho, todavía infrautilizado en nuestras sociedades, que suelen favorecer el sistema normopensante y los enfoques más pragmáticos, racionales, lógicos.

El universo de la intuición, de las emociones y de la creatividad, nociones no mensurables y difícilmente controlables, todavía suscita cierta desconfianza.

Y es indudable que nuestros dos cerebros están hechos para trabajar juntos, cogidos de la mano. Así que, ¿listos para volveros ambidextros?

❧ Qué bicho raro la cebra...

Giulia, Arthur y yo somos lo que se conoce como «cebras».

Este término fue empleado inicialmente por la psicóloga Jeanne Saud-Facchin, autora de *L'Enfant surdoué* (El niño superdotado) y *¿Demasiado inteligente para ser feliz?*

Sin embargo, me parece importante distinguir a los «superdotados», una especie de pequeños genios con un coeficiente intelectual bastante elevado, de los «cebras», o neuroatípicos, de los que yo formo parte.

Los individuos cebras no son «más inteligentes», son **inteligentes de un modo distinto**.

Ese «de un modo distinto» es lo que resulta interesante tomar en consideración.

Existen varias formas de inteligencia. ¿Por qué dar valor solo a una?

Otra forma de pensar, otra forma de percibir... Los individuos cebras tienen un sistema de pensamiento exuberante, más en arborescencia que lineal, y, con frecuencia, un cerebro hiperactivo que les da poca tregua. Se aburren enseguida y, por lo tanto, necesitan concebir continuamente nuevos proyectos. Cuando algo no les interesa, desconectan, pero demuestran una tenacidad a prueba de bomba cuando se consigue atraer su interés. ¡Entonces hacen lo que sea necesario para alcanzar la excelencia! (Arthur es un buen ejemplo de ello).

Hiperreceptivos, hipersensibles, hiperreactivos, los individuos cebras reaccionan, ¡y con mucha energía! Dotados de detectores sensoriales superdesarrollados, lo perciben todo más intensamente (es el caso de Giulia con su sentido del olfato), si bien algunos no lo manifiestan e intentan ocultarlo. No es tan sencillo admitir que se tiene, por ejemplo, hipersensibilidad a la luz, al ruido, a las variaciones de temperatura, a los olores… **Al individuo cebra le preocupa su «normalidad» y no le apetece parecer «raro».**

Y no es de extrañar: la hipersensibilidad, ya sea sensorial o emocional, puede parecer a simple vista algo improcedente. ¡Todavía hoy, «hipersensible» suele sonar como un reconocimiento de debilidad o una fragilidad!

Por eso, cuando yo era pequeño, llegué a imaginar un **observatorio de la normalidad**. «¿Qué hay que hacer para ser "socialmente aceptable"?». Esa pregunta nunca ha cesado de atormentar a los individuos cebras…

Como siempre, la solución está probablemente en un término medio: ¡integrar los códigos sociales fundamentales parece imprescindible para formar parte de un grupo! Esa es la mitad del camino. La otra mitad es poder afirmar tu parte de singularidad sin sentirte juzgado ni rechazado. **Ese trabajo de aceptación de las diferencias es responsabilidad de todos.**

El individuo cebra se siente a menudo desajustado, **«fuera del molde»**.

Tiene dos opciones:

—O bien adaptarse a ultranza para fundirse con el decorado de lo socialmente aceptable,

—¡o bien afirmar su singularidad y sus diferencias, y sobre todo encontrar el entorno adecuado, capaz de acoger su atipicidad!

… Atipicidad que representa una auténtica riqueza para el grupo, al igual que toda forma de diversidad.

✳ Los extaproyectos

«Exta», de «extático». Euforizante.

Se trata de todos aquellos proyectos o actividades que os hacen pasar momentos únicos y trascienden vuestra vida. Os sitúan fuera del tiempo y os alejan de consideraciones materiales (hambre, cansancio, problemas).

Dichos extaproyectos os proporcionan una sensación de intensa satisfacción y de realización personal.

Ejemplos de extaproyectos

Cualquier proyecto creativo (pintura, escritura, danza, etc.).

Cualquier proyecto de superación de uno mismo (deporte, competición, retos, etc.).

Buscad vuestros propios extaproyectos: llenos de sentido, son incomparables para daros la sensación de estar nutridos en profundidad, ser libres y felices.

Cuando estáis sumergidos en un extaproyecto, no solo os encontráis en un estado de conciencia modificado, sino, sobre todo, en un estado de presencia diferente en relación con la realidad: vuestra mente consigue entonces salir de lo normal y corriente, escabullirse del flujo de pensamientos que despojan de energía. Estáis tan «metidos» en lo que hacéis que vivís el presente de vuestra tarea con esa intensidad característica de la inmersión. Esos momentos sublimes figuran, desde mi punto de vista, entre los más felices de la existencia...

¿Cómo desplegar los extaproyectos?

- Identificar los terrenos preferidos, las actividades que nos hacen vibrar y nos producen una gran alegría.
- ¡Reservarse amplias zonas de práctica!
- Proponerse retos que impliquen alcanzar un resultado.
- Formarse una imagen mental atractiva del resultado final. Convertir este en una palanca de motivación. Alegrarse ante esta perspectiva de superación.

✿ La serendipia

Se trata de una adaptación del término inglés *serendipity*, que empleó en 1754 Horace Walpole y está inspirado en el cuento oriental *Los tres príncipes de Serendip*, cuya traducción al italiano, obra de Cristoforo Armeno, se publicó en 1557.

El relato cuenta las aventuras de tres hombres a los que se les encomienda una misión y que, en el transcurso de su viaje, encuentran elementos en principio sin relación con lo que buscan, pero que al final resultan esenciales para lograr sus objetivos.

El uso del término «serendipia» se extendió a partir de los años ochenta para referirse a hallazgos valiosos que se producen de manera casual.

¿Cómo convertirse en un feliz serendipista?

- Adoptar una posición de investigador (vivacidad, curiosidad...).
- Estar abierto a lo inesperado (disponibilidad intelectual).
- Reconocer y saber aprovechar «esa oportunidad», «esa venturosa casualidad» o incluso ese «venturoso accidente».
- Ver el potencial antes de que salte a la vista.
- Explotar el hallazgo, «hacer algo con él».

❦ Los encuentros sílex

Reunid a algunas personas: no sucede nada.
Reunid a otras y, de repente, empiezan los fuegos artificiales.

Hay personas que se apagan mutuamente. Y otras que, en cambio, «se encienden».

La corriente se transmite. Saltan chispas. Los dos seres se inspiran mutuamente. Se sienten en la misma longitud de onda. Es algo un poco mágico, inexplicable. Eso es lo que yo llamo encuentros sílex.
Estos encuentros serán prolíficos, fructíferos, fértiles.

Jamás dejéis pasar la ocasión de suscitar encuentros sílex con personas que sean *alter ego* estimulantes.
Y a la inversa, huid de las relaciones que os «apagan», que son empobrecedoras y no potenciadoras.

❧ Mi amigo el miedo

El miedo se domestica. Será forzosamente vuestro compañero de viaje, pues todo cambio y todo camino de transformación va acompañado de miedos.

No esperéis a estar preparados para atreveros (no lo estamos nunca).

Avanzad CON el miedo. Lo que más tememos suele ser menos terrible de lo que habíamos imaginado. Los miedos «imaginados» son peores que los temores que vencemos en la realidad cuando pasamos a la acción.

Actuar reduce los miedos.

⚘ La mentalidad del verdadero ganador

Lo peor no es fracasar, es no haberlo intentado.

Los que no intentan hacer nada, efectivamente, no se exponen a equivocarse. ¡No os dejéis engañar! No hay errores, sino experiencias de las que podéis extraer enseñanzas.

Una mentalidad de ganador va acompañada de cierta humildad: ser capaz de mirarse a la cara y de cuestionarse a uno mismo.

Ese es el precio de acceder a la lucidez y de brindarse la oportunidad de rectificar el tiro para adoptar una estrategia mejor.

«Para ganar hay que saber perder» (Monseñor de Souza).
«Los ganadores encuentran medios; los perdedores, excusas» (Franklin D. Roosevelt).

El poder de cuestionar

No dar nunca nada por seguro, interrogarse sobre las propias prácticas, cuestionarlas.

¿Qué funciona? ¿Qué no funciona? ¿Cómo puedo mejorar mi organización/modo de funcionamiento?

Estrategia ganadora suprema:

A: gano;
B: gano.

✿ Los secretos de la creatividad

Dirigir una sesión de lluvia de ideas

*Actitud OPEN: **O**currente, **P**ositiva, **E**stimulante, **N**ovedosa.*

Todo espíritu crítico y negativo debe quedarse metido en el armario, porque una postura deicida es la mejor manera de matar las ideas dentro del huevo. ¡Al contrario! ¡No hay tener miedo de decir lo que le pasa a uno por la cabeza, pues, con frecuencia, dando un rodeo por pensamientos básicos se encuentran las auténticas buenas ideas!

La creatividad es ante todo una disposición mental que se debe cultivar:
- Concederse permisos.
- Trabajar la apertura de mente.
- Cultivar la juventud de la mente manteniendo vivo un espíritu de curiosidad.
- Abrir las posibilidades, centrarse en lo positivo, pensar en términos de solución y no de problemas, de cooperación y no de competencia.

✿ ADN

Afirmarse en la propia singularidad, encontrar su esencia.

Afirmar la identidad y las singularidades propias
Desarrollar las aptitudes específicas propias
Nutrir la confianza en el valor propio

El acto intrépido supremo,
¿no es atreverse a ser feliz siendo uno mismo?

Un fuerte abrazo de *Basile*

Para proseguir la experiencia de transformación
en la vida real, estéis en el lugar del mundo que estéis,
mi hermana gemela Stéphanie os acompañará
mediante entrevistas a distancia
en femina-coaching.fr

Agradecimientos

A los intrépidos y los espíritus libres.

¡Un guiño a Giordano Bruno, un antepasado más de corazón que de linaje, que encarna de maravilla la intrepidez! Intrepidez, valor y tenacidad... Él luchó para demostrar la pertinencia de un Universo infinito, poblado de una cantidad innumerable de mundos idénticos al nuestro. Lo quemaron vivo por sus ideas.

A mi abuelo paterno, Roger Giordano, inventor de unas «prensas plegadoras» revolucionarias en las que nadie creía al principio y gracias a las cuales prosperó.

A mi abuelo materno, Jean Nohain, pionero de la televisión francesa, siempre en busca de ideas nuevas para incentivar la creatividad y el talento.

A mi padre, François Giordano, inventor de un dispositivo informático de seguridad que se ha convertido en un estándar mundial y que a día de hoy ha beneficiado a más de ochenta millones de vehículos.

Muchísimas gracias a Édouard Vaury, de la empresa Inhalio de Saint-Malo, especializada en la difusión de perfumes, por su valiosa contribución. Gracias por haberme introducido en el universo de lo olfativo, que nos llevó hasta Grasse para visitar la sede de la SFA Romani, Sociedad Francesa de Aromas. Gracias a sus equipos, que tan generosamente me abrieron sus puertas para iniciarme en el misterioso mundo de los perfumistas y las fragancias...

Un millón de gracias también a Olivier Mével, creador de dispositivos inteligentes, por nuestras inspiradoras conversaciones «cebrescas».

A mi madre. A mi hermana. Entre nosotras, el efecto sílex siempre ha tenido algo mágico. Misma longitud de onda, misma longitud de alma.

A mi hijo, Vadim, mi hermoso electrón libre, al que veré con emoción inventarse su propia trayectoria.

A Régis, siempre Nonk.

A Joë y Nina, mis queridos sobrinos cerebralmente diestros, y también a Émile.

A Christophe, mi hermano, un estupendo artista.

A Caroline, mi editora y mucho más aún.

A todo el equipo de Plon, por el que siento un particular aprecio.

A todas las personas que han trabajado en torno a este libro para que recorra su camino hasta llegar a vosotros, amigos lectores.

A todos. Seamos inventores de nuestras vidas.